宿した天使を隠したのは

ジェニファー・テイラー 作

泉　智子 訳

ハーレクイン・イマージュ

東京・ロンドン・トロント・パリ・ニューヨーク・アムステルダム
ハンブルク・ストックホルム・ミラノ・シドニー・マドリッド・ワルシャワ
ブダペスト・リオデジャネイロ・ルクセンブルク・フリブール・ムンバイ

SURGEON IN CRISIS

by Jennifer Taylor

Published by Harlequin Japan, a Division of K.K. HarperCollins Japan, 2024

ジェニファー・テイラー

心温まる物語を得意とし、医療の現場を舞台にしたロマンスを好んで執筆した。科学研究の仕事に従事した経験があるので、すばらしい登場人物を創造することはもちろん、作品を書く際の調べ物もとても楽しんでいたという。夫を亡くしてからは、ランカシャーにある自宅と湖水地方を行き来する生活をしていたが、2017 年秋、周囲に惜しまれつつ永眠した。

主要登場人物

レイチェル・ハート……………小児科の看護師。
ベサニー……………………………レイチェルの姪。
リサ・サンダース………………レイチェルの友人。
ウィル・サンダース……………リサの夫。
トム・ハートリー………………レイチェルの元恋人。外科医。
ジョン・スミス…………………外科医。慈善団体の代表。愛称シャイロー。
サリー……………………………シャイローの亡き妻。
ブライアン・パーカー…………精神科研修医。愛称テッド。
ダニエル…………………………麻酔医。愛称ビル。
ジューン・モリス………………外科の看護師。
スティーヴン・ピアース………麻酔医。
デヴィッド・プレストン………外科医。
リアム・ダンソン………………外科医。
マイク・ラファティ……………外科医。愛称ＴＣ。
ケイティー・デクスター………看護師。
アリソン・ウッズ………………看護師。
ナタリー・パーマー……………看護師。愛称ホットリップス。

1

「きみはレイチェルだね。話は聞いているよ。さあテッド、彼女が逃げ出す前に、早く中へ！」

戸口から二本の手が伸びてきて、倉庫の中へ引きずり込まれ、レイチェル・ハートは息をのんだ。

「いったいこれは、なんのまねなの？」手が放されると、すぐさま問いただした。

「きみに考え直すひまを与えないようにしているんだ」扉を開けてくれたほうの若者が、薄い笑みを浮かべて言った。「ここまで来て急に考えを変える人間がびっくりするほどたくさんいるものでね」

「それは無理もないわね。いつもこんな出迎え方をしているのなら」レイチェルは言葉を返した。

深呼吸をしてみたものの、ただでさえどきどきしていたので、落ち着くはずもなかった。この波止場までの道中、こんな仕事に志願するなんて、自分はどうかしているのではないかと何度思ったことか。なにしろ、ダルヴァーストン総合病院の小児科の看護師を八年間務めた経験しかないのだから、災害現場での救護活動についてはまるで素人だ。ハリケーンなどテレビでしか見たことがないし、地震に至っては……。

「ぐずぐずするな、ビル。彼女が逃げ出す前に扉をロックしろ」

もう一人の若者の声に、レイチェルは目をしばたたいた。眉をひそめ、彼に尋ねる。「どうしてわたしが逃げ出すと思うの？」

「とんでもないことに巻き込まれたのではないかと、きみが思い始めているからさ。悪い兆候だよ」淡々としたその口調に、レイチェルは思わず笑った。

「どうしてわたしの考えていることがわかるの？」

「人の気持ちを察するのがぼくの仕事だからね」彼は手を差し出した。「精神科研修医のブライアン・パーカーだ。きみたちが応急処置を終えたあとがぼくの出番で、患者に状況を理解させる役目を担っている」

「そうなのね。よろしく、ブライアン」レイチェルは握手をすると、彼をいぶかしそうに見て言った。「質問が多くてごめんなさい。ブライアンという名前なのに、なぜお友達はさっきあなたのことをテッドと呼んだの？」

「ああ、あれはちょっとした遊びでね。ぼくたちはみんな、映画の登場人物から取ったニックネームで呼び合っているんだ」ブライアンはにっこりした。「ぼくはテッドで、あちらのダニエルは、かの有名なビル。その名前を選んだ理由は、ぼくたちの仕事は大冒険の連続だからで……」

「わかったわ！　わたしの姪《めい》が大好きな映画よ！」レイチェルは言った。「ここにはほかにどんな登場人物がいるの？」

「いろいろだ。チームのメンバーはそのときどきで違うから」ブライアンはおもしろそうに言った。「ぼくたちはみんな常勤の仕事を持っていて、要請があったときだけ休暇を取って出動する。だから、スタッフは常に入れ替わるというわけさ」

「われわれの尊敬すべきリーダーは別としてね」ダニエルが割って入った。「シャイローはどの任務にも統括として参加しているから」

「それってドクター・スミスのこと？」レイチェルは手に持っていた手紙に目をやった。「ここに着いたら彼のところへ行くように言われているの。でも、その前にシャイローの名前の由来を知りたいわ」

「それはぼくの両親の想像力が豊かすぎたせいだ」背後でしわがれた声がして、レイチェルはさっと振り向き、こちらへやってくる人影を見て息をのんだ。薄暗い倉庫の中でも、とにかく大きな人だということはわかる！

その人物のブロンドの頭からブーツの爪先までをさっと見て取り、レイチェルは唾をのんだ。では、この人がかのドクター・ジョン・スミスなのね。名高い外科医で、世界各地で発生する自然災害による犠牲者の救護活動に特化した組織、〈ワールド・トゥギャザー〉のリーダーを務めている。彼の話はよく耳にした。ここ数年の活動については新聞で特集記事が組まれることも多く、レイチェルも彼の写真を何度か見たことがあった。しかし、いざ当人を目の前にすると、そんなものはなんの役にも立たなかった。こんなことは初めてだが、衝撃のあまり何も言葉を思いつかない。まるで蛇ににらまれた蛙《かえる》だ。彼はやすやすと他人をそんなふうにさせてしまう力を持った人なのだろう。

「ジョンは古くからある名前だ。大昔から大勢の人たちがジョン・スミスと名づけられてきたことだろう。ぼくが生まれたとき、両親はその伝統ある名前をつけることにした。だが、何かもう少し印象に残るようなものを付け足したくて、そしてどういうわけかシャイローを思いついたんだ」彼が肩をすくめると、分厚いケーブルニットのセーターの下で大きな肩が持ち上がるのがわかった。「ぼくは自分の秘密が人に知られることを恐れながら成長期の大半を過ごした。だが、その秘密はついにばれてしまい、それ以来、名前のことではわずらわしい思いをしてきた。でも、もしジョンのほうが呼びやすいなら、きみはそう呼んでくれてかまわないよ」

彼がほほえんだとたん、その目が優しくなり、レイチェルは不意に足元の床が浮き上がった気がした。奇妙な感覚にとらわれ、またしても言葉を失った。そのうちに相手の顔から笑みが消えた。

「大丈夫かい、レイチェル？　このばか者二人がきみを怖がらせたのでなければいいが。二人にきみの世話を頼むべきではなかったな」

「いいえ、大丈夫よ。本当に」声がうわずって、やけに明るい口調になったことにドクター・スミスも気づいているはずだが、そのことにはとくに触れずにいてくれた。

「それでは本題に入るとしよう。出発する前に打ち合わせしておきたいことがいくつかあるので、オフィスへ行って……」彼は言葉を切り、レイチェルの背中のリュックサックに目をやった。「それはここに置いていくといい。そうすれば、まもなくみんなの私物を積み込むときに、きみのも一緒に持っていけるから。携帯してはいけないものは何も入っていないね？　メキシコの役所や警察にとがめられることはないと思うが、訪問場所によってはとくに録画や録音機器に神経質だったりする場合もあるから」

「それは大丈夫。ファックスしてもらったリストを見て、カメラやテープレコーダーは入れないようにしたから」実務的な話になってほっとしながら、レイチェルは答えた。さっき、あんなふうにおかしな反応をしてしまったのは、ドクター・スミスに初めて会って緊張したせいよと自分に言い聞かせる。地面が動くなんてありえないもの！

だがそう思ってみても、たいした気休めにはならなかった。人の外見に目を奪われるなんて、いつもの自分らしくないからだ。ドクター・スミスのあとについて倉庫の奥へ進みながら、ばかげたことを考えるのは今すぐにやめようとレイチェルは心に決めた。ここには仕事をしに来たのだから、今からはそちらに気持ちを集中させなければ。

「散らかっていて申し訳ない」ドクター・スミスは、彼のオフィスらしき部屋に入っていった。椅子の上に置かれた医学誌の山をかかえて、床にどさりと置く。「片づける時間がなかなか見つからなくてね。きみのファイルを探すともかく、座っていてくれ。このあたりにあるはずなんだ」から。どこか、このあたりにあるはずなんだ」

レイチェルは椅子に腰かけて、ぼんやりと考えた。デスクに積み上げられたあの書類の中からわたしのファイルを探し出すには、どんなにか時間がかかることだろう。なにしろ、船荷証券や高級雑誌に、公式文書とおぼしきピンク色の書類や紙切れなどがごちゃごちゃに入り交じっている。レイチェルはファイルが満杯のキャビネットと付箋が何層にも貼り重ねられたコルクボードに目を移して、気持ちが沈んだ。こんなにだらしなくて大丈夫なのだろうかと先行きが不安になる。

「あった！」

ドクター・スミスはまた別の医学誌の山を自分の椅子からどかし、そこに腰かけた。そして、手にしているくしゃくしゃの紙に目を走らせた。その紙が自分の履歴書だとわかり、レイチェルは口を引き結んだ。長い時間を費やして書いた履歴書だというのに、いまやそれは、まるで誰かが紙飛行機を折ったあとみたいになっている。

「小児科で八年間働いているんだね。どうして？」

質問を投げかけられ、レイチェルははっとした。

「その仕事が好きだから」もごもごと答える。

「ほかの科で働こうとは思わなかった理由はそれだけかい？」

「ええ。それ以上の理由なんてあるかしら？」相手の言い方が気に入らず、言葉を返した。一つの職場にとどまろうとするのはおかしいと言いたいのなら、はっきりそう言ってくれたほうがいい。

「いや。ただ、同じ仕事をずっと続ける理由は人によってさまざまなはずだ。好きだけではないだろう。きみが同じ職場にずっといるのは、それが楽な選択だからというわけではないことをぼくは確認しておきたかっただけだ、レイチェル」

彼はわたしの心を読んだのか、それとも、歯に衣《きぬ》を着せるのをよしとしない人なのか。後者のような気がするが、それなら好都合だ。彼が率直に語ろうというのなら、こちらも受けて立つ。

「わたしは仕事においても私生活においても、楽な選択なんてしないわ」レイチェルは冷ややかにそう言うと、はしばみ色の目でデスクの向こうにいる彼の目を見た。その目の色が見たこともないような美しい緑色であることに気づいたとたん、レイチェルの体に小さな震えが走った。

「よかった。それが聞きたかったんだ。この種の仕事には楽な選択というものはないからね。レイチェル、この先には大変な任務が待ち受けている。おそらく危険も伴うだろう。数週間のひまつぶしのつもりでいる者を同行させるわけにはいかない。これは遊びではないんだ。それだけは言っておく」

「わたしはけっして……旅行ができるとかそういう理由で救護隊に志願したわけではないわ」レイチェルは頭にしきりに浮かんでくるよけいな考えを追い払おうと、急いで言った。ドクター・スミスの目が見たこともないような美しい緑色で、真っ黒な濃いまつげに縁取られているからといって、それがどうしたというの？　今話し合っている問題とそのことはなんの関係もないわ。

「では、その点も大丈夫だね。救護の仕事とはどういうものかもよく知らずに応募してくる者は山ほどいるんだ。われわれは世界各地を飛びまわっているとはいえ、けっして華やかな仕事でもなんでもない。そこは念を押しておくよ」

彼は書類の山を押しのけるようにして、ブーツをはいた足をデスクにのせた。レイチェルは床にばさと落ちる紙を見て、彼はきっとそれを拾うか、舌打ちでもするのだろうと思った。ところが、彼はそちらには目もくれなかった。まるでレイチェルのことしか眼中にない様子だ。

レイチェルは胸がどきどきするのを感じた。今朝出かけたときには、まさかこんな展開になるとは予想もしていなかった。この先に待ち受けている任務に関して充分に心構えをしてきたつもりだった。事前に送られてきた案内書も隅から隅までしっかり目を通した。ワールド・トゥギャザーの活動に参加を希望する者は、災害現場へ二十四時間以内に出発できるように支度を整えること。また、参加は自己責任で行うこと。ワールド・トゥギャザーは周知のとおり完全な非営利組織で、その唯一の目的は、熟練した医療を必要としている地域へ提供することである。

レイチェルはそれらを熟読して、すべて頭にたたき込んでいた。自分が二十七歳のころに創設されたワールド・トゥギャザーがこの五年のうちに成し遂げてきた使命の数々についても。ただ一つ不覚だったのは、ドクター・ジョン・シャイロー・スミスに見つめられて、自分がおかしな気分になっていることだ。

シャイローは笑みを浮かべながらも内心では、レイチェルのことをあんなふうに見つめたのは大失敗だったと思っていた。彼女に心引かれているのを悟られたら厄介なことになるだけなのに、自分を抑えられずにいる。彼女の姿を見たとたん、何かぴんとくるものを感じて、胸が高鳴ってしまった。サリーを失って以来、こんなふうに感じたことなどなかったのに。

シャイローはデスクからさっと足をおろした。こんなことをぐずぐず考えて座っている場合ではない。サリーは亡くなったのだ。二人で過ごした日々のことは〝過去〟というフォルダーにしまってある。レイチェル・ハートに惹《ひ》かれるものがあったとしても、それをどうこうするつもりはない。彼女はこれからしばらく一緒に仕事をするだけの相手なのだから、仕事の内容さえしっかり教えてやればそれでいいのだ。そうすれば、ぼくも自分の仕事をまっとうできるだろう。

「活動する場所はここだ」シャイローはキャビネットから地図を取り出してデスクに広げ、赤インクで丸をつけた箇所を指さした。「メキシコはここ数年、何度も地震に見舞われているが、今回は今まで以上の被害が出ている。被害地域は震源から数百キロ先にまで及んでいる」

「手当ての必要な負傷者がどれくらいいるか、わかっているの?」レイチェルが身を乗り出して地図をのぞき込みながら尋ねた。

「いや。こんな状況では正確な数字を出すのは不可能だからね。だが、数百人ではなく数千人単位だろうという話だ」シャイローは深呼吸した。レイチェルの白くほっそりしたうなじを目にして、下腹部が急にこわばり出したからだ。頭のてっぺんできっちりまとめられた彼女の焦げ茶色の髪を見ていると、その後ろに立って、あのピンを全部引き抜いてしまいたいという妙な衝動がわいてくる……。

「野外病院を設営するの?」

レイチェルが不意に顔を上げた。唇をすぼめて彼の返事を待つその顔を見て、シャイローはうめき声がもれそうになるのを抑えるのがやっとだった。あの唇の形は、どう見ても彼のキスを受け入れようとしているふうにしか見えない。そう思うと、理性がぶっ飛びそうになる。

「あ……うん……そうだ」荒れ狂うホルモンをなんとか静めようとしながら、つぶやいた。「先発隊がすでに現地入りしているから、ぼくたちが到着するころには準備が完了しているはずだ。余震に備えて治療活動はテントの下で行うが、きみの想像するような設備はひととおりそろっている。手術室や病棟、処置室なども」シャイローは丸い指先で地図をとんとんとたたいた。そうすることでどうにか少しでも集中力を取り戻せるように願いながら。「ベースキャンプを張るのはここだ」

「テ・ウア・ト……テ・ウアット……」地名をつかえながら言うレイチェルに、シャイローは笑った。なじみのない音節に悪戦苦闘している彼女を見て温かい気持ちに包まれたことは無視する。

「古いマヤ・インディオの名前なんだ。まるで早口言葉だよね」シャイローは笑顔を保ち、レイチェルが顔を上げたときには親しみすらこめた笑みを浮かべて軽口を言った。「現地にいるあいだは電話でタクシーを呼ぶ必要もないだろうから、ちゃんと発音できなくても心配することはないさ」

「それならよかったわ！」

レイチェルは笑って、椅子の背にもたれ直した。シャイローは彼女との接触を避けようと、椅子の背にかけていた手を急いで放したが、間に合わなかった。彼女の右の肩甲骨が手の甲をかすめたとたん、体内の神経という神経から各所にメッセージが送られ、体がしびれたようになってくる。

「今のところ言えるのはそれくらいだ」シャイローは急いで自分の席に戻りながら言った。「あとはとにかく現地へ行って、遭遇する問題に対処するだけだ。負傷した子供たちが多数いることは間違いない。災害時にいつもいちばんつらい目に遭うのは子供たちだ。だから、先月きみからの応募書類を受け取ったときは喜ばしかった」

ようやく体がいつもの調子に戻り、デスクの向こうに落ち着いて座ることができた。何ごとも気の持ちようだと自分に言い聞かせる。自分さえしっかりしていれば、なんということはない。

「面接のときにもそう言われたわ」傷ついているかもしれない子供たちのことを思ってレイチェルがため息をつくと、彼女の息の温かさがデスク越しに伝わってきて、シャイローはどきどきした。不意に全身に鳥肌が立ち、重ね着をしているおかげでそれを見られなくてよかったと安堵《あんど》した。

「救護隊に参加してくれる経験豊富な小児科の看護師を見つけるのは至難の業でね」しっかりしろと自分に言い聞かせながら、かすれた声で言った。「ボランティア募集の広告を何度も出したが、まったく成果がなかった。きみの手紙を受け取るまでは」

「たまたま何か違うことをしてみようという気になったときに、その広告を目にしたの」彼が不思議そうな目で見ると、レイチェルは肩をすくめた。「空《から》の巣症候群になっていたわたしにはうってつけの仕事だと思えた。そこから立ち直るためには」

「空の巣症候群か」シャイローはぼんやりと繰り返し、それからはたと気づいた。「つまり、きみには家族がいるということだね！」落胆の思いで言った。子供がいるのなら、今回のポストに彼女は不向きだ。子供と何週間も離れて暮らすことになるばかりか、この仕事にはかなりの危険が伴う。行くのはやめておいたほうが身のためだとレイチェルに説明しなければならないと思うと、耐えがたいほどつらい。彼女はひどくがっかりするだろうし、せっかく出会ったばかりなのにもうお別れかと思うと残念でならなかった。

「いると言えばいるけど」レイチェルの笑い声に、シャイローは奈落の底から引き戻された気がした。

「それはどういう意味だい？　きみと問答をしている時間はないんだよ、レイチェル」思っていたよりとげとげしい言い方になった。「子供がいるのかいないのか、どっちなんだ！」

「ごめんなさい。問答をしているつもりではなかったのよ、ドクター・スミス。どういうことかというと、わたしには子供はいないけど、数年前から姪の面倒を見ているの。わたしの姉が自動車事故で亡くなって、それからベサニーはわたしと一緒に暮らすようになったというわけ」

レイチェルは頬を紅潮させている。彼女をあんなふうに怒らせたのは自分だと思うと、悔やんでも悔やみきれない。「それは気の毒だったね」自分の不手際の埋め合わせになればと、優しい口調で言った。「姪御さんはもうきみの手を離れる年ごろになったということかな?」

「ええ。ベサニーは大学を去年卒業して、旅に出ているわ。今はオーストラリアにいて、おおいに楽しんでいるみたい」レイチェルは肩をすくめてみせたが、そのきっぱりとした口調からすると、彼のことをまだ許していないらしい。「それで、わたしもそろそろ前に進んで、何か自分のためになることをしようと思ったの」

「それにしても、この仕事はきみが今までしてきたこととは別物だよ」ここで話題を変えたほうが賢明だと思い、シャイローは言った。レイチェルのことをもっとよく知りたいのはやまやまだが、ぼくにはそんな権限はない。

「それは承知しているわ。でも、ちゃんとやれる自信はあるの、ドクター・スミス。自分の能力に少しでも不安なところがあったら、そもそも応募したりしなかったわ」

その声に冷たさを感じてシャイローはいささか傷ついたが、そんなところを相手に見せてはならない。椅子の背にもたれて、レイチェルを見据えた。「ぼくも、きみならうまくやれると思っているよ、レイチェル。きみの適性に少しでも不安を覚えていたら、きみを仲間に入れることを認めはしなかった」

レイチェルが細い眉をぴくりと上げてこちらを見

返した。「あなたがわたしを仲間に入れることを認めた？　決定を下したのはわたしを面接した人たちだと思っていたわ」

「この組織の参加者は全員、ぼくが審査しているんだ」自分の言葉を疑われたことが気に食わなくて、居丈高に言った。「ぼくが認めないかぎり、誰も仲間には入れない。ここのオフィスの清掃係から前線で働く治療スタッフに至るまで、全員に当てはまることだ」

「そうなのね」レイチェルは軽くいなすようにほほえんでから、当てつけるように室内を見まわした。「それなら、今度新しいスタッフを雇うときには誰かもう一人、二重にチェックする人を置くことをお勧めするわ。だって、あなたの部下の中には仕事ができない人がいるみたいだもの！」

2

あんなことを言うなんて、わたしはいったいどうしてしまったの？

ほどなくオフィスをあとにしたときも、レイチェルの頬はまだ赤いままだった。ドクター・スミスに身のほどを知れと言われてもおかしくなかったのに、彼はわたしの発言をいいように取って笑ってくれた。でも、それで気が晴れるものではない。わたしは今まで人にあんな口をきいたことはなかったし、言葉遣いがきれいなことで知られていた。それなのに、さっきは考えもなく言葉が口から飛び出してしまったのだ。あんなことをしたのはきっと、ドクター・スミスに変な気分にさせられたせいだろう。今後この問題とつきあっていかなければならないと思うと落ち着かない。行く手にはほかにも新しいことがいろいろと待ち受けているというのに。

「やあ、合格したんだね？」

「なんとかね」声をかけに来たダニエルにレイチェルは笑顔を返した。「でも、ドクター・スミスだってまさかこの段階になって追い返したりはしないでしょうし」

「いや、それは甘い！　シャイローは、仕事ができそうにない人間はさっさと追い返すぞ」ダニエルは自分の鼻先をとんとんとたたき、レイチェルにウインクしてみせた。「ぼくはその場面を目撃したことがある。まあ見られたものではないよ。シャイローは手加減しないんだ」

「本当に？」レイチェルは驚きを隠せなかった。自分はもう少しでチームに入れてもらえなくなるところだったのだ。ダルヴァーストンに帰って、不採用になったと友人たちに報告しなければならないのは耐えがたいことだと思いながら尋ねた。「えっと、直近でそれがあったのはいつ？」

「昨日だ」息をのむレイチェルを見て、ダニエルは笑みを浮かべた。「あれは本当にもったいなかったな。すごい美人だったんだよ。ブロンドの髪に、大きな青い目、そしてさらに大きな……」彼はそこでやめると、顔をしかめてみせた。「まあ想像はつくだろう？　とにかく、その女性は昼休み明けに小洒落《こじゃれ》たスポーツカーでやってきた。後ろの席に荷物をどっさり乗せて。そのときはたまたまシャイローが積み荷の点検をするために外にいたから、ブライアンとぼくが応対するまでもなかった。そのうちに、ブライアンどうしたことか彼女は帰っていった。それも不服そうな様子で」

「ドクター・スミスがその人を不採用にした理由はなんだったの？」レイチェルはおそるおそる尋ねた。

「さあね。でも、そういうのはいつものことだから。シャイローは自分の思ったようにする人だし、ぼくたちもいろいろと尋ねないほうが身のためなんだ。耳の痛い話を聞かされることになりかねないのでね。彼は愚か者には容赦しない人で、人の欠点について語るのが嫌いではないから」

ダニエルは苦笑いを浮かべてみせると、通路を引き返していった。レイチェルは深く息を吸って、自分はとんでもないところに足を踏み入れたのではないかと、あらためて思った。もし、ドクター・スミスが自身の個人的な好みで人を評価するタイプのボスだとしたら、これからの数週間は悩ましいものになるかもしれない……でも、彼と話したときにはそんな印象を受けなかった。彼はもっと広い視野を持った人で、ワールド・トゥギャザーの活動に全力を注いでいるように見えた。自分のことしか考えない、ちっぽけな人間だとはどうしても思えない。

困惑は深まるばかりだったので、まもなく出発だとブライアンが告げに来たときには、物思いから抜け出せてレイチェルはほっとした。ブライアンは彼女をチームのほかのメンバーに引き合わせ、彼らの名前とニックネームを次々に教えてくれた。おかげで、全員の紹介が終わるころにはレイチェルは頭がくらくらしていた。メンバーの一人がレイチェルのとまどいに気づいたらしく、笑って言った。

「ブライアンのことは無視すればいいわ。わたしたちはみんなまともだけど、彼とダニエルの二人だけはとんでもなく変人だから」その女性は、異議を申し立てようとするブライアンの横っ面を張るふりをして言った。「お行儀よくしなさい！　ふざけすぎると、レイチェルを嘆かせることになるわよ。おかしな集団に仲間入りしてしまったって」

「実は少し不安を覚え始めていたところよ」レイチェルも笑いながら調子を合わせた。あの二人がとてもいい関係なのがわかるし、みんなの和気あいあいとした様子を見ていると気分も上向いてきた。

「無理もないわ」女性は立ち上がり、レイチェルのそばへやってきた。「最初からやり直しましょう。わたしはジューン・モリス、同じく看護師よ。専門は外科だけど、必要であればなんでも手伝うわ。ここでは全員がそういう態勢よ。看護師チームのほかのメンバーは、あそこにいるケイティー・デクスターと、隅で眠っているアリソン・ウッズなんだけど……彼女は夜勤明けでここに直行してきたから仮眠を許されているの。えっと、もう一人は誰だったかしら。そうそう、ナタリーよ。彼女は先発隊の一員として昨日メキシコへ発《た》ったから、現地に着いてからの対面ね」

「みなさん」レイチェルは女性陣に笑みを向けた。「どうぞよろしく」

女性陣も笑みを返したあと、ジューンはメンバー紹介を続けた。「こちらは麻酔医のスティーヴン・ピアースよ。そして信じがたいでしょうけど、ダニエルも麻酔医なの。デヴィッド・プレストンとリアム・ダンソンとマイク・ラファティの三人は外科医。あとはシャイローだけど、彼にはもう会ったはずよね」

「ええ」レイチェルは、何か様子がおかしいとジューンに感づかれたくなくて、ほほえんでみせた。しかしながら、ドクター・スミスの名を聞いたとたん、わが身に異変が起こっていた。体じゅうの血がふつふつと沸き立ったようになり、そんなふうになる理由がわからないのがまた不安だった。ダニエルが戻ってきて、いよいよ出発となったので助かったが。

ジューンのあとについて倉庫の外へ出ると、彼らを空港まで運ぶマイクロバスが待っていた。面接のときに聞いた話によれば、彼らが乗る定期便の座席は、この組織を支援してくれている航空会社から無償で提供されているらしい。ワールド・トゥギャザーは慈善団体として登録されており、その資金の全額を寄付に頼っている。

一行はバスに乗り込むと、みんなで談笑しながらヒースロー空港へ向けて出発した。ドクター・スミスは運転手の隣の席に座り、何かの書類を一心に読んでいる。ジューンと一緒にその後ろの列に座っていたレイチェルは、バスが波止場を出るうちに、いつしか彼の頭をじげしげと眺めていた。最初に会ったときには髪はブロンドに見えたのだが、実は薄茶色で、繰り返し日光にさらされたことで表層が日焼けしているのだとわかった。肌も、やはり日焼けして小麦色になっている。ファッションに敏感な若い女性たちなら、高いお金を払ってでもまねしたいと思うような美しい色だ。

ドクター・スミスのがっしりした首へと視線をおろしていったレイチェルは、この日焼けはどこまで続いているのだろうと思っている自分に気づいて、ぞくりとした。日焼けはそのまま背中まで広がっているのか、それとも、屋外に出るときは肌を隠して、紫外線によるダメージから守るようにしているのかしら？　いや、それはないだろう。わざわざ予防措置を取るような人には見えない。とすると、胸もやはり日焼けしているということで……。

「この書類に記入してくれるかな、レイチェル？　そうすれば、メキシコシティに着いたときに時間を節約できる」

にわかにドクター・スミスが振り返ったので、レイチェルははっとした。顔がたちまち赤くなる。男性の体をこんなふうにあれこれ想像するなんて、わたしらしくない。相手が眉をひそめるのが見え、レイチェルは先回りして質問した。何があったのか説明させられてはかなわない。「なんの書類？」

「慈善団体の一員として入国することを申し立てる

書類だ」彼は書類を差し出したが、そのまま渡すでもなくレイチェルの顔を見つめた。「大丈夫か？何も心配することはないよな？」

「もちろんよ！」レイチェルは書類を引ったくるようにして受け取ると、うつむいてペンを探した。今朝ロンドンへ出発する前にバッグの中に入れたはずなのに、どこへいってしまったの？

「ほら。これを使って」

ドクター・スミスの声はぶっきらぼうで、いらだちを含んでいて、レイチェルは恥ずかしさに赤面した。ずぼらな人間だと思われたくない。わたしはけっしてそうではないのだから。レイチェルは小声で礼を言ってペンを受け取ると、書類の記入に取りかかった。氏名、年齢、住所などの項目を埋めていく。その様子をジューンがちらりと見て、不満げに言った。

「そういう情報を全部、腕にタトゥーで入れておけたら楽なのにって思うときがあるわ。バーコードみたいに。そうすれば、入国時には読み取ってもらえばすむじゃない！」

「名案ね！」レイチェルは笑った。ジューンがさりげなく声をかけてくれたおかげで、気が楽になった。レイチェルは深く息を吸うと、署名して書類を返した。わたしはなんでもないことに興奮しすぎなのだ。傍目《はため》には挙動不審に映っているかもしれない。でも未体験の境遇に身を置いているのだから、しかたがない面もあるだろう。仕事を始めてしまえば、きっと大丈夫だ。どんなに困難で危険な仕事であったとしても、ちゃんとやれるはず。みんながやれているのだから。今回の派遣ではできるだけ多くを得て、そして、患者にできるだけ多くを返せるようにしよう。

ドクター・スミスのことも、なんとかなるだろう。彼の前ではおかしな反応をしてしまうとはいえ、あの人もほかのみんなと同じ、血と肉と骨でできた、ただの人間なのだ。うまくやっていけるだろうか、なんて取り越し苦労をする必要はない。彼のことを気にしないようにすれば、何も影響はないはずだ。

メキシコシティに到着するころにはシャイローはほとほと困っていた。フライトそのものはスムーズで機内食の質も平均以上だったが、ここまでずっと張りつめてきたものがもはや危険なレベルにまで達していた。うまい具合にレイチェルの隣の席に座れたのはよかったものの、結局それは、わざわざ針のむしろに座りに行ったようなものだったと思い知らされた。

十二時間ものあいだ、彼女の肌の香りに鼻をくすぐられ、通路をはさんだ席にいるジューンと話す彼女の声を耳にしているのは苦痛でしかなかった。久しくこんなことはなかったのに体が反応してしまって、どうすることもできず、十二時間がとてつもなく長く感じられた。レイチェルが眠りに落ちたときは、これで事態は改善されると喜んだが、それも束《つか》の間《ま》、彼女の頭がシャイローの肩に寄りかかってくるまでのことだった。

これがだめ押しの一撃となり、シャイローは我慢の限界を超えてしまった。レイチェルを起こしては申し訳ないと思うこともなく、立ち上がって化粧室へ向かった。そうするほかなかったからだ。さもないと……。

それだけは絶対にだめだ！

飛行機を降りた彼らは、慈善団体ということで税関と入国審査を簡単に通過することができた。迎えのトラックも待機しており、各自の荷物がちゃんと積まれているが確認が終わりしだい出発となった。シャイローはレイチェルから離れた席を選んで座り、それから数時間、未舗装の道を走る車の揺れに歯を食いしばって耐え、感情もしっかり閉ざして過ごした。飛行機の中でのことはもう過去の話だ。いつまでもそちらに気を取られていてはいけない。ここからは作業を円滑に進めることに努めなくては。

地震の被害のひどさには、これまで似たような現場を目撃してきたメンバーたちといえどもショックを受けていた。最も被害を受けた地区を通過した際には、一同が静まり返った。みんな、この先に何が待ち構えているのかという思いに駆られているのだろう。彼らがこのストレスに対処できるように助けるのがシャイローの役目だが、自分たちが目にしたものを受け止める時間も人間には必要だ。彼らを励ましてやるのは、あとで疲労が襲ってきたときでいい。

ベースキャンプに到着したのは夕方だった。テントの設営は完了し、準備万端で彼らを待ち受けていた。トラックから降りる前に、シャイローは立ち上がってみんなに声をかけた。

「大半のメンバーはこうした現場を何度も見てきていると思うが、それでも気をつけるように。けっして頑張りすぎないこと。このような災害の現場で活動した経験が豊富なわれわれでも、これを受け止めるのは大変なことだ。手当てする相手のことだけでなく自分も大切にするようにして、なんとか乗り切ってほしい」

レイチェルに視線を移すとその顔にはショックが浮かんでいて、シャイローの胸は痛んだ。彼女に何か声を――励ましの言葉をかけてやらなくてはいけないことはわかっている。だが、ふさわしい言葉を見つけるのは難しそうだ。彼女の気持ちを自分と切り離さなければいけないのに、彼女の苦悩を自分のことのように感じてしまっている今は、そうするのは容易ではないだろう。

そんなことを考えている自分に動揺を覚えたが、

ぐずぐずしている場合ではない。全員がトラックを降りたあと、シャイローはレイチェルを脇に呼び寄せた。「さっきぼくが言った、自分を大切にという話は、きみにはとくに当てはまることだ、レイチェル。この先、きみは悲惨な光景を目にすることになるだろうが、そういう人々のことをあまり気にしすぎないように気をつけてくれ」

「気にしないわけにはいかないでしょう」レイチェルは目を丸くして言うと、傷ついた目で彼を見上げた。「この地震で亡くなった人が大勢いて、さらに多くの人が負傷しているはずだというのに！」

「災害ではしかたのないことだ」シャイローは静かに言った。レイチェルをしばらく一人にして落ち着かせるために、彼女の肘に手を添えて、ほかのみんなから離れたところへと導いた。

「わかっているわ……ええ、頭ではわかっているの。でも、気持ちがついていってくれなくて」レイチェルは顔をさすった。まつげに涙が光っているのを見て、シャイローは息をのんだ。彼女をこの試練から救える手立てがあるのなら、そうしてやりたいところだが、彼女がチームの一員としてやっていけるようにすることしか、ぼくにはできることがない。

「この仕事で肝心なのはそこだ。そこは自分でどうにかするしかない」シャイローはにべもなく言った。

荒療治に頼るのは、同情を示したところで効果はないのがわかっているからだ。もし、ぼくが自分のしたいようにしたとしても――彼女を抱き寄せて、ぼくが全部うまくやってあげるから大丈夫だよと言ったとしても、それはかえって彼女にとってあだになるだろう。ここは心を鬼にするしかない。

「自分には無理だと思うなら、レイチェル、今すぐあのトラックへ戻ってイギリスに帰ったほうがいい。きみはわれわれの役には立たないということだから」

レイチェルは平手打ちでもされたみたいに後ろへ下がった。がっくりしたその顔を見て、シャイローの胸はまた痛んだ。「お気遣いをありがとう、ドクター・スミス。でも、あなたの心配しているようなことがわたしに降りかかってきたとしても、対処できるから大丈夫よ」

「それならよかった。では、この話にこれ以上の時間を費やすのはやめよう」

シャイローはトラックのそばへつかつかと戻り、大声で指示を飛ばすと、すぐに全員がきびきび動き出した。数分後にはすべての荷物がおろされ、各自で寝床を作る作業に入った。ジューンが看護師チームのために確保したテントへレイチェルをさっと連れていくのが見えた。そこは空き地の端の木陰になった一角で、シャイローはそれを見て笑みをこぼした。ジューンはいつもながら自分の職務遂行のために最善の場所を選んでいる。ぼくにはレイチェルの面倒は見られそうにないが、ジューンに任せておけば安心だろう。

「シャイロー！」

誰かが叫ぶ声に振り向くと、麻酔医の一人のスティーヴン・ピアースが手を振っていた。「どうした？」そう尋ねて、彼のもとへ急いだ。

「がれきの中から子供が救出された。かなりの重傷らしい。多発骨折、内出血、ほかにも挙げればきりがない。十分後に到着の予定だ。うちで引き受けるかい？」

「もちろんだ。ジューンに彼女の手が必要だと伝えてくれ。そのほかの手配も頼む」シャイローは指示しながら、いちばん大きなテントに向かった。そこには手術室が二つある。「子供の到着までに、ぼくは手術着に着替えて支度を整えておくから」

「ジューンはすでにリアムの補助に入っている」スティーヴンが言った。「帝王切開が必要な女性がいたので、手術室に連れていっているところだ」

「ケイティーは？」シャイローは歩をゆるめることなく尋ねた。

「ナタリーを手伝って器具の整理をしている。昨夜、空港で荷物の遅れが発生して、われわれが到着する一時間ほど前に届いたばかりらしい」

「アリソンは？」シャイローは尋ね、スティーヴンが首を振ると、口を引き結んでみせた。

「熟睡している。夜勤明けだったから、しかたがない」スティーヴンは眉根を寄せた。「レイチェルはだめなのか？　小児科に長くいたらしいが、手術室で働いた経験もあると言っていた」

たしかにスティーヴンの言うとおりだが、シャイローはためらった。レイチェルは新人のころに手術室の仕事をしていたから、ぼくの補助役には適任だ。ただ、ぼくとしては彼女をまたしても動揺させるのは避けたい……。

シャイローはその考えを振り払った。レイチェルが対処できないようなら、彼女はここには不要だ。試しにやらせてみて、彼女にこの仕事が務まるかどうか証明させるのもいいのではないか？

「よし。では、レイチェルに手術着に着替えるように伝えてくれ」

あとをスティーヴンに任せて、シャイローはテントの中へ入った。ブーツを脱いでから次の区画に入る。各手術室は三つのテントをつなげてできている。最初の区画は出入口で、最低限の菌を落とす場所、二つ目は着替え室、そして三つ目のいちばん大きな区画で実際に手術室を行う。そこの空気はフィルターで浄化され、すべてのものが清掃チームによって滅菌状態を保たれている。完璧ではないにせよ、できるかぎりのことはしてあり、二次汚染による死亡者は一人も出していないことをシャイローは誇りに思っていた。

服を脱いでシャワーをすませると、手術着に着替え、手の消毒に取りかかった。抗菌石鹸《せっけん》を泡立てて腕を洗い、ブラシで爪をごしごし洗う。ちょうどそれが終わるころにレイチェルが現れたので、そちらを見やった。見すぎないよう、ちらりと見るだけにとどめた。

「シャワーはあちらだ。あと、必要なものはすべて棚の上にある。申し訳ないが、設備は男女共用なんだ。別々の着替え室を設けるだけのスペースがないもので」

「大丈夫」レイチェルは静かに言うと、フリースのジャケットをベンチに置いた。そしてベンチに座って靴下を脱ぎ、セーターの裾に手をかけた。

シャイローは洗面台のほうに向き直った。かたわらで服を脱がれ、全身がかっと熱くなるのがわかった。レイチェルが何をどうしているかは見えないし、見るつもりもないが、なまめかしい小さな音――ジッパーをおろす音や衣擦《きぬず》れの音に耳をくすぐられては、想像力もおおいにかき立てられるというものだ。

半裸のレイチェルの姿が目の前にちらついて、シャイローは歯を食いしばった。彼女の肌は、真珠のように白く輝いているのだろう。その胸も、おなかも、腿も。もちろん、彼女がぼくのいるところで服を全部取り去るはずはないが、体を包んでいるものはわずかしかなくなっているだろう。ブラジャーとショーツくらいで、どちらもきっと白の無地のものだ。レイチェルは派手な色やレースを好むタイプではないから。彼女の美しさを引き立てるものなど何も必要ないのだ。もう存分に美しいのだから。ぼくにとっては充分すぎるくらいに!

シャイローは棚からタオルを取って手をふいた。レイチェルの様子はわからないが、わざわざ確かめてみるわけにもいかない。シャイローは手袋とマスクを見つけると、聖域たる手術室に入り、器具のトレーをチェックした。メスに、鉗子《かんし》に、消毒棒、レイチェル……。

シャイローは小声で悪態をついた。短いひとことではあったが、今のうちにストレスを吐き出しておいてよかった。レイチェルがやってくるころにはずいぶん気持ちも落ち着いて、何ごともなかったかのように話せるまでになっていた。実は大ありだというのに！

「準備はいいかい？」

「ええ、大丈夫よ」

とくになんということもない会話だったが、レイチェルの口調がとても落ち着いていることにシャイローは大きな満足を覚えていた。少なくとも彼女はぼくが半裸の彼女を想像していたなんて思ってもいない様子で、それはおおいに助かった。スティーヴンが患者をストレッチャーに乗せて運んできたときには、自分の仕事をまっとうする心の準備はできていた。レイチェルもこの調子なら自分の仕事をやってのけるだろう。手術台に横たわっている小さな体をのぞき込みながら、なんとか落ち着きを取り戻すことができてよかったとシャイローは心から思った。大事なものが目の前にある――手術台にいる、この子の幼い命がぼくの手にかかっている。この子を見殺しにはしない。ほかのことはみんな小さなことだ。

大事なのは人々の命を救うことであって、自分の気持ちやレイチェルの気持ちではない。何か楽しいことはないかと思いながら寝つけずに過ごす寂しい夜でもない。かつては計画もたくさん立てていた。だが、サリーの死によってそれらはすべて砕け散った。そのときにぼくは誓った。二度と同じ罠《わな》にかかるものかと。本気でそう思っていた。人生に何も期待さえしなければ、あてがはずれてがっかりすることもないと。

この五年間はその行動原則に従って生きてきて、

それでうまくいっていた。心をかき乱される女性に出会ったからといって、考えを変える理由にはならない。恋愛をするのはすばらしいことだとはいえ、うまくいかなかったときにはつらい思いをすることになる。ぼくにはもう一度心がぼろぼろになるようなリスクを冒す覚悟はできていない！

3

「脾臓《ひぞう》破裂だ。摘出する」

レイチェルはドクター・スミスが差し出した手にメスを渡し、それから時計を見た。手術室に入ってもう二時間近くたつが、まだ終わりは見えない。少年の外傷はかなり広範囲に及んでいて、ここまで生き延びられたのが信じがたいほどだったが、彼は理屈ではとても説明できない粘り強さで命にしがみついている。

「ふいて」

レイチェルは鉗子《かんし》で新しい消毒綿を取り、慎重に血液をふき取った。ワールド・トゥギャザーへの参加志願がかなったと聞かされてから、思いついて手術室勤務を何日かこなしておいて本当によかった。手術の補助は久しぶりだったので、あの数日は自信を取り戻すのに役に立った。とはいえ、ありがたいことにドクター・スミスはきわめて正確な指示をくれる。大きな声で指示を出したあとは、外科医にありがちな細かい注意をはさむことなく、レイチェルに任せてくれた。彼と働くのは実に楽しく、このレベルのスキルを持つドクターの補助が初めてだったレイチェルには勉強にもなった。

レイチェルは膿盆《のうぼん》を取って、ドクター・スミスが損傷した臓器をそこに置けるように差し出した。彼はうなずいてみせながらも、手術台に横たわる小さな体から目を離さずにいる。「血管を縛ってから、ほかにも損傷がないか確認する」

レイチェルは膿盆をストレッチャーに置いて、タオルを手に取った。エアコンが作動していても室内はとても暑く、ドクター・スミスの額には玉のような汗が吹き出している。レイチェルはそれを慎重にふき取った。体がぞくぞくするのを気にしないようにしながら、汚れたタオルをごみ袋に放り込む。二重の手袋越しに彼の肌の熱が伝わってくるはずがないのだから、くだらない考えにとらわれている場合ではない。こんなふうによけいなことを考えているとミスにつながりかねない。全力を振り絞らないといけないときに、ミスをするなどもってのほかだ。ドクター・スミスは能力を試すつもりでわたしに補助を頼んだのかもしれない。だとすれば、なんとしてもうまくやってみせなければ。

彼の指示にレイチェルが応じることを繰り返して手術は続き、さらに一時間が過ぎた。あとどれくらいかかるのだろうとレイチェルが思い始めたちょうどそのとき、にわかにスティーヴンが少年の血圧が下がり始めたと告げた。ドクター・スミスは手を止め、手術台の頭元へ目をやった。

「ここまでにすべきか？」

「どうかな……」そのときモニターの一つが警告音を発したので、スティーヴンはあわてて言葉を切り、モニターのダイヤルを調整した。

レイチェルは、動かない小さな体にスティーヴンが薬剤を注入するのを無言で見守った。うまくいけば少年の心臓に必要な刺激を与えてくれる薬だ。だが、モニターの画面が一本の平坦《へいたん》な線を残して真っ暗になり、手術は失敗に終わったとわかった。健闘むなしく少年の命を救えなかったことは痛恨の極みだった。

「ここまでだな。残念だが。二人ともありがとう。きみたちの働きはすばらしかった」

ドクター・スミスに声をかけられて、レイチェルは目を上げた。一瞬、彼と目が合い、そこに浮かぶ苦悩を見て胸が痛くなった。なんとしても少年を救いたかったのに救えなかった彼の無念さが、手に取るように伝わってくる。レイチェルは急に自分が恥ずかしくなった。この手術は、わたしを試すテストなどではなかった。わたしの価値を証明する場でもない。ドクター・スミスにとって大事なのはこの少年で、彼がわたしに対して何か不安を抱いていたとすれば、それは患者の身を案じてのことだったのだ。彼はわたしに謝罪など求めていないだろうけれど、謝らなくては。彼がこれまでわたしにひどく不愛想だった理由もこれでよくわかったと伝える必要がある。

まもなく三人は手術室をあとにしたが、レイチェルはスティーヴンがストレッチャーを取りに行ってしまうまで無言を通した。ドクター・スミスが手術着を脱ぎながら周囲に目をやったとき、ようやく口を開いた。

「ちょっといいかしら、ドクター・スミス？」

「シャイローかジョンと呼んでくれないか、レイチエル。どちらでもかまわない。とにかく、うちでは堅苦しいのはなしで頼むよ」

「わかったわ。えっと、では……シャイローで。ほら、みんながそう呼んでいるから」

「そうだな。それで、話は何かな？」

シャイローは使い捨ての手術ガウンをごみ袋に放り込むと、続いてスクラブの上着を脱ぎ、洗濯かごに入れた。立派な体がいきなり目の前に現れて、レイチェルはどきりとした。どこまで続いているのだろうと思うほど広い胸板は、波打つ筋肉を日焼けした肌が包み、その中央には薄茶色の柔らかそうな胸毛が小島を作っている。あそこに頬を預けたら、どんなにかすてきだろう……。

全身がかっと熱くなり、レイチェルは目をそらした。落ち着いて理性的に話を進めなくてはいけないときに、こんなことを考えていてはだめだ。「あなたにひとこと謝りたかったの。これまでのわたしの態度について。わたしがこの仕事に就くのをあなたがなぜあんなに心配していたのか、今では理解できるから」

「本当に？」

その声は背筋をぞくぞくさせるような響きを持っていて、レイチェルは思わず彼のほうに目をやりそうになったが、その先に待ち受けている光景を想像して、なんとかテントの壁を見つめ続けた。あれは衣擦《きぬず》れの音？　ごくかすかな物音を聞きつけて、耳がぴくりと動く。レイチェルは唇を噛《か》んだ。さっき見たときにシャイローが身に着けていた衣服はズボンだけだった。それが今どんな姿になっているか見ようなんて、いくらなんでもありえない！

「ええ」有名な漫画のネズミを思わせるほど声が裏返ってしまったが、懸命に言葉を続けた。話を続けるか、振り返って彼を見るか、そのどちらかとなれば後者は問題外なのだから。「その、あなたは確かめたかったのね、シャイロー。わたしにここの人たちを助ける覚悟があるかどうかを。今ならそれがわかるわ。わたしに対するあなたの物言いがとても……厳しかったのは、けっして他意あってのことではなく、患者を思う気持ちがあなたにそうさせたのだと」

「そのとおりだと言いたいところだが、レイチェル、残念ながら、そう言うと嘘《うそ》になる」

ばつの悪そうな言い方に、レイチェルはすっかり不意を突かれて振り向いた。一瞬、彼の筋肉質の長い脚と、黒いショーツに包まれた細く引きしまった腰に目が釘《くぎ》づけになったが、なんとか彼の顔のほうへ視線を引き上げた。心臓が激しく打ち始め、牛の群れが押し寄せたかのごとく鼓動が鳴り響いているが、自分ではどうすることもできない。でも、そんなものは、今こちらに向けられているシャイローのまなざしに比べたら、取るに足りないことだ。感情にあふれた目で見つめられて、レイチェルは息もできないほどだった。

「患者は関係ないよ、レイチェル。きみならこの仕事ができることはよく承知している。ぼくが心配だったのはきみのことだ。これからの数週間で目にするであろう陰惨な光景の数々にきみが対処できるだろうかということだった」

シャイローは震える手で顔をさすった。その突然の取り乱しようを目にして、レイチェルの体も震え出した。あんなぴりぴりした姿をさらけ出すなんて、わたしが知っている彼らしくない。見ているこちらまで不安になってくる。

「わたしの心配をしていたの？」

「そう。おかしいだろう？　ぼくたちはまだ出会ったばかりだし、ぼくはこういうことにはかかわりたくないほうなのに……」

「こういうことって？」彼の言葉の意味を知りたく

てたまらなくなり、レイチェルはつい口をはさんだ。

「このありさまに決まっているじゃないか。ぼくはきみを思っているということだ。本当にどうかしている！」

　突然の怒りに彼は目をぎらつかせたが、そこにはほかの感情も見え隠れしている。それがどういう感情か教えてもらったところでどうすればいいのかわからないくせに、唇を噛んでこらえようとしても言葉が口をついて出てしまった。

「つまり、わたしをどう思っているというの？」

「なんと説明したらいいものか。最初は肉体的に惹《ひ》かれているだけだと思った。もちろん、それだけでもけしからんことだが。だけど今は、どういう気持ちなのかよくわからなくなっている」

「見当もつかないの？」レイチェルはそう言ってしまってから、自分が何を言ったのか気づいてぎょっとし、両手を口に当てた。

「見当がつかなくはないが、推測で物を言うのはよくないだろう」シャイローが不意に苦笑いを浮かべて、こちらに向かってきた。そして目の前で立ち止まったときには、レイチェルは息が止まりそうになった。いまや彼は、わたしが手を伸ばせば触れられるほど近いところにいる……。

　レイチェルは手を背後にまわした。今ここで、これ以上何かあっては大変だ。「推測のどこがいけないの？　当たっているかもしれないじゃない」

「適当なことを言って、きみに気を持たせてしまってはよくないからだ」シャイローは腹の底から響くような低い声で言った。「ぼくがきみにどんな気持ちを抱いていようが、レイチェル、それはどうでもいいんだ。ぼくがその気持ちに従って行動することはないから、気にしたところでしかたがない。ぼくにはぼくの生き方があって、そこに恋愛が入る余地はないのでね」

シャイローはそう言って、レイチェルの頬に触れた。ごく軽く触れられただけなのに、レイチェルはまるで床に横たえられて彼に抱かれているかのような錯覚に陥った。興奮がこみ上げてきて、思わず息をのむ。これが欲望という感覚なのね。今までにも、うっとりするような思いや燃えるような熱い思いを経験したことはあるが、それは、つきあっている相手と情熱を交わすなかでのことだった。だから、つきあってもいない人に触れられただけでここまで暴走してしまうのはどうしたことなのか、自分でもわけがわからない。彼が後ろに下がったときにはほっとした。このままだと反応を返さずにはいられなくなりそうだったからだ。

「こういう感情を覚えたのはこれまでに一度だけだ、レイチェル。それが続いているあいだはよかったが、終わったときは地獄の苦しみを味わった。だからもう二度と同じ状況に身を置くことはするまいと、ぼくは心に誓った」

シャイローはほほえんでみせた。穏やかで優しい笑顔を向けられて、レイチェルの胸は温かいものでいっぱいになった。

「きみを見ていると、二度と望むまいと思っていたものを望みたくなるが、再び傷つく危険を冒すつもりはない。こんな話をして気まずくさせたなら謝るが、こういうことははっきりさせておいたほうがいいというのがぼくの考えでね」

「気まずくはないわ」レイチェルはささやいた。それが本心だったからだが、そんな自分にあらためて驚いた。きみに惹かれているとシャイローからいきなり言い渡されて、それを疑いもなくすんなり受け入れるなんて。でも、べつに驚くことではないのでは？　単に彼はああいうことを口にできる人で、それをわたしが真に受けただけの話でしょう？

心臓がまたもや早鐘を打ち始め、レイチェルは互いに後悔しそうなことを自分がしでかす前にこの場を辞さなければと思った。シャイローは正直に気持ちを伝えてくれたのだから、自分が何かして、彼の状況をより複雑にするのは避けたい……。

ただ、自分でもどうにもならない。

レイチェルは彼の頬に手を添え、少しのあいだだけそのままにしてから、きびすを返して逃げ出した。

日が暮れていたおかげで、テントから駆け出す彼女の姿が人目につくこともなかった。レイチェルは手術着を脱ぐあいだだけ立ち止まり、それを出入口脇の医療用ごみ袋に放り込むと、看護師用テントへ向かった。夕食どきで誰もいなかったので、自分のベッドに座って、さっき起こったこととシャイローが言ったことについて考えた。目に涙がにじんできたが、こぶしで払う。

手に入らないものを思って泣いたりしないわ！

強く自分に言い聞かせてから気づいたのは、泣いているのは自分のためではなくシャイローのためだということだった。痛みが胸を刺す。彼の過去に何があったかは想像もつかないが、愛のない人生を生きる決意をさせるなんて、きっとよほどのことがあったに違いない。

シャイローは、厚いステーキをフォークで突き刺し、口に放り込んだ。吐くなよと思いながら、噛んで飲み込む。次いでポテトを突き刺したが、それを無理やり飲み下すことを考えただけでもうだめだった。皿をテーブルに残し、立ち上がって戸口へ向かう。

時刻は真夜中近くで、土を掘り返す機械音が遠くから聞こえることを除けば、あたりは静まり返っている。地元の人々は、町のがれきの中から家族を救出しようと、昼夜なく作業を続けていた。夕方からひっきりなしに負傷者がキャンプに運び込まれていたが、少し前から数が減ってきたので、シャイローも休憩を取ることにしたのだった。マイク・ラファティが深夜勤務を引き受けようと言ってくれたが、シャイローはむしろ自分でやりたかった。忙しくしているほうが、レイチェルとのあいだにあったことを考えなくてすむ。

「そんなにひどい味でもないでしょうに」

声の主がナタリー・パーマーだと気づき、シャイローは顔を上げて笑みを作ると、彼女が食事用テントに入れるように脇に寄った。ナタリーとは同じ大学で医学を学んでいたが、彼女のほうは途中で方針を変更し、医学を修めるのではなく看護の道へ進んだ。その後も二人は連絡を取っていて、サリーを失ったシャイローにワールド・トゥギャザーの設立を勧めたのも、このナタリーだった。

「味は問題ないが、ただ食欲がないんだ」

「少年のことを聞いたわ、シャイロー。残念ね」

「救えるときもあれば救えないときもあるさ」シャイローはさらりと言ってのけたが、相手はだまされなかった。

「でも、救えなかったときはやっぱりつらいわよね」ナタリーは彼を見上げてほほえんだ。「さて、その話は脇に置いて、本当は何が問題なのか話してくれない？　少年の死に平静でいられないのはわかるし、当然だわ。でも、何かほかにも悩んでいることがあるわよね？」

「ぼくが？」シャイローは訊《き》き返すと、空き地の向こうを見つめた。看護師用テントに明かりが見え、レイチェルがさっきのことを考えて眠れずにいるのではと思っている自分に気づいて、どきどきした。あんなことを彼女に話すなんて、ぼくはどうかしていたに違いない。どうかしていたか、もしくはやけになっていたか。どちらなのかはまだ判断がつかないが。

「そうよと言いたいけれど、わたしに男性の頭の中がどうなっているか、わかるわけがないわね」ナタリーは皮肉交じりに答えた。

「まさか、またマイクと意見がぶつかったのか？」

「よくわかったわね」ナタリーは大きくため息をついた。「あの石頭！　だって、うちの両親がたまたま裕福なのはわたしのせいじゃないでしょう。わたしには問題でないことが、なぜ彼には問題になるのかわからない」

「それはまあ、真の愛とはそういうものさ。順調にいくことはない」

「あなたとサリーの場合を除いてね。あなたたちはまさにお手本のようなカップルだったから、誰もあんなふうにはなれないんじゃないかしら」ナタリーは笑った。「だって、二人が喧嘩《けんか》しているところを見た覚えがないもの。相性が最高だったのね――」

「入っていいかしら」

静かな声が不意に会話に割り込んできて、二人は同時に振り向いた。テントの外にレイチェルが立っているのを見て、シャイローはぎょっとした。ナタリーとの話をレイチェルに聞かれただろうか？　ぼくとサリーの〝相性が最高だった〟というくだりを彼女が耳にしたからといって、気まずく感じなければいけない理由は何もないのだが。

シャイローは脇に寄ったが、テントに入ってくるレイチェルの肩がたまたま彼の胸をかすめ、思わず息をのんだ。「おなかがすいたのかい？」彼女をつかまえておきたいのをこらえるには何か言うしかなかった。強烈な欲望が押し寄せてきて、シャイローは手の関節が白くなるまでテントポールを握りしめた。もはや抑えが利かない状況になりつつある。なんとかここで食い止めなくては……。

とはいえ、それは簡単なことではなさそうだ。レイチェルが目を上げて二人の目が合ったとき、シャイローはそう悟った。ぼくはすでに深みにはまっている。こんなはずではなかったのに！

「ちょっと水が飲みたくて」レイチェルの口調は、なんらかの反応を引き起こすことなどあるはずもない穏やかなものだった。

欲望に体が高ぶるのを感じてシャイローがテントポールを強く握りしめたせいで、ポールがきしんだ。情けなさに目がかすむ。なんでもないたったひとことに色っぽさを感じるなんて、どう考えてもありえないのに、自分の体はそういう反応をしているのだ。

「クーラーに飲料水が入っているよ」シャイローはむっつりと言い、ポールを握っていないほうの手でテントの向こうの隅を指した。

「ええ、知っているわ。ありがとう」

レイチェルは彼にちらりと硬い笑みを返し、クーラーのほうへ向かった。シャイローはそれを目で追い、その姿に見とれた。小さく揺れる腰、すっと伸びた背中、少しかしげた頭。身につけているものはモスグリーンのカーゴパンツと、すっかりくたびれたTシャツなのに、それでもすばらしく魅力的に見える。ほっそりして、女性らしく、セクシーで……。

シャイローはうめいた。

「コーヒーが必要ね」ナタリーが彼の手をつかみ、その指をテントポールからさっさと引きはがした。そのまま彼をテントの奥へ連れていくと、椅子に座らせた。「座っていて、取ってくるから」

「いや、でも――」

「つべこべ言わないのよ、スミス。言われたとおりにして」ナタリーは彼をにらみつけて命じた。

シャイローは椅子におとなしく座り、ナタリーはコーヒーを取りに行った。彼女は世界一愛すべき女性だ――怒らせさえしなければ。マイクとなかなかうまくいかないのもしかたがないと言える。彼女も同じく頑固だからだ。男女がうまくやっていくにはある程度の妥協が必要だ。もっとも、ぼくは助言する立場にないわけだが。ぼくとサリーの生き方はぴったりかみ合っていたから、二人の結婚生活は当初から円満だった。不思議なほどしっくり調和して、うまくいかせるための努力が必要なかった。ああいう相手をまた見つけられるとはとても思えない。

やるせない思いで視線を向こうの隅へ向けると、レイチェルがコップに水を注《つ》いでいるのが目に入り、またもや胸がどきどきし始めた。クーラーの蛇口がゆるんでいたのか水が突然噴き出し、レイチェルが驚いて飛びのいた。彼女がコップをテーブルに置き、Tシャツの前にできたしみを軽くたたく様子に、シャイローはまたうめき声をあげた。

あんなふうに胸に手を当ててるなんて、わざとぼくを悩殺しようとしているのか？　この距離からでも、冷たい水で濡《ぬ》れた胸の頂が硬くなっているのがわかるし、強情にもぼくの体は、徐々におなじみのものになりつつある方向へと暴走を始めている。下腹部がこわばってくるのを感じて、シャイローはあわてて脚を組んだものの、避けがたい現象が起こるのを防ぐことはできなかった。ぼくも冷たいシャワーをたっぷり浴びるしかない……。

すると、ある考えが浮かんだ。レイチェルと一緒に一糸まとわぬ姿で冷たい水流の下に……。

「コーヒーよ。お好みどおり砂糖入りのミルクなし、さあ飲んで」ナタリーがマグカップを目の前に突き出してきたので、シャイローはびくりとした。ナタリーはとがめるような目つきをよこし、恥ずかしながらシャイローは、そうとわかるほど赤面した。

「あらあら、こんな日が来るとは思いもよらなかったわ」ナタリーは甘ったるい声で言い、椅子に座った。

「言いたいことがあるなら、はっきり言えばいいだろう。まわりくどい言い方は勘弁してくれ」シャイローは不機嫌な声で言った。わが身に起こっていることがいやでたまらず、これをどうにかしたかった。体が言うことを聞かないせいで、状況はさらに悪化している。

「わかったわ。あなたが女性に恋心を抱く日が来るなんて思っていなかったのよ」ナタリーは優しくほほえんだ。「悩みごとはそれなんでしょう？　だって、どこから見てもそうとしか思えないもの」

「どこが？　またそんなたわごとを」シャイローはぴしゃりと言ったが、ナタリーはひるまなかった。

「あらそう？　じゃあ、あなたはあの魅惑的なレイチェルに欲情しているわけじゃないのね？　とんだ勘違いをして悪かったわ」ナタリーはコーヒーを一口飲むと、無邪気にほほえんで言った。「それはただの生理現象か何かということね」

シャイローは目を白黒させた。ナタリーの前でとぼけようとしても無駄だ。彼女はぼくのことを知りすぎるくらい知っている。「わかったよ。たしかにぼくはレイチェルに好意を持っている。だからといってどうこうするつもりがないことは、きみもわかっているよな。彼女もそれは承知しているんだ」シャイローは食ってかかった。

「ということは、自分の気持ちを彼女に伝えたわけね。まあ、さすがにそれは思ってもみなかったわ」ナタリーはカップをテーブルに置き、彼をじっと見つめた。「サリーはあなたが悲しみに暮れて残りの人生を過ごすことは望んでいなかったはずよ、シャイロー」

「わかっているさ！」

シャイローは椅子を押しのけて立ち上がった。今日はここまでだ。自分の処理能力の限界をすでに超えている。レイチェルが通りすがりに小声でおやすみなさいと言ってきて、心臓が飛び出しかけたが、ぐらつくわけにはいかない。かつて味わった苦悩をまた経験するつもりはさらさらないのだから。

「明日の朝は早いから、アラームをかけるのを忘れないように」シャイローは、彼の講義を遊び半分で受けようとしている生徒たちを注意するときによく使う、威圧感たっぷりの声で言った。もっとも生徒の場合は、彼に一喝されたあとは二度とふざけようとはしないものだが。

「もうかけたわ。ご心配なく。遅刻はしないから」

レイチェルの笑顔はなんとも愛らしく、久しぶりにそんな笑顔を目にしたシャイローは、彼女が出ていったあともその場に立ちつくし、幸福感に浸っていた。ナタリーが小さく咳払《せきばら》いする音を耳にして、ようやくわれに返った。彼はマグカップを引っつかむと、ナタリーをにらみつけた。

「何も言うんじゃないぞ！」

「言いませんとも」ナタリーは笑みを隠そうともせず、楽しげに言った。

シャイローは、明日の朝には謝るはめになりそうな紳士的でない言葉をつぶやくと、さっさとテントを出た。足音も荒く自分のテントへ戻り、がたがたの小さな簡易ベッドに寝ころぶ。〝明日は明日の風が吹く〟ということわざがあったよな？　本当にそうなってほしいものだ。明日がいくばくかの心の平安をもたらしてくれるように祈りたい。期待薄ではあるけれど。レイチェルがそばにいては、心の平安なんて――それに体の平穏も、そうそう得られそうにない！

4

「負傷者が到着するぞ！　ホットリップス、ＴＣが昨日と同じくきみに手術室に入ってもらいたいと言っている！」

ブライアン・パーカーがテントに顔をのぞかせてメッセージを伝え、レイチェルは目を上げた。今朝また物資の配送があったため、ナタリーと二人で届いた荷物を備品用テントで整理していた。メキシコに着いて三日になるが、驚くほどすんなり日常に溶け込めたように思う。環境は違っても仕事は熟知しているし、みんなとても親切なので、無理なく流れに加わることができた。初日のあのちょっとしたできごとを別にすれば、すべて順調だった。

「えっと、あなたが『Ｍ＊Ａ＊Ｓ＊Ｈマッシュ』のホットリップスなのはわかったけど、ＴＣって誰なの？」レイチェルはシャイロー・スミスという危険なテーマから意識をそらそうとして尋ねた。先日の夜に耳にした会話の断片がずっと頭から離れないものの、彼と誰だか知らないサリーとのあいだに何があったかは、わたしには関係ないことだ。それに、彼はわたしに惹《ひ》かれていることを認めたからといって、どうこうするつもりはないと明言したのだから、手放しでは喜べない……。

「マイクのことよ」

ナタリーが積み重ねた箱を棚にどさりと置いた音で、レイチェルは驚いて目をしばたたいた。笑顔を作ってみせたものの、またいつの間にかシャイローのことを考えていた自分に気づいて、不安を覚えた。ここ数日の彼の態度は礼儀正しいとしか言いようがなく、もし気持ちを告白されていなかったら、そんなことは想像もしなかっただろう。とはいえ、先日のできごとを彼は忘れられたとしても、レイチェルには忘れることなどできなかった。

「なるほど。それで、TCはなんの略？」レイチェルは胸に忍び込んで離れない小さな痛みを気にしないようにしながら尋ねた。この状況をうまく収めるには無視するのが一番だとシャイローが決めたのなら、わたしにはどうすることもできない。

「トップ《T》キャット《C》よ。『ドラ猫大将』の大将。わたしから見ても、実にお似合いの名前だと思うわ。彼は正真正銘の威張り屋だもの！」

「うーん、その言い方には少しばかり敵意が感じられるけど？」目をくるりとまわすナタリーに、レイチェルはほほえんでみせた。

「少しどころか、おおいによ！」ナタリーは新たな箱の山を棚に置くと、それらが彼女の不機嫌の元凶だと言わんばかりににらみつけた。「彼はわたしが出会った中で一番の頑固者に違いないわ。石頭にメダルをあげるなら、マイケル・ジェイムズ・ラファティは毎回金メダルよ！」

「シスター・パーマー、ぼくの人格を傷つけるのに忙しいところを邪魔するつもりはないのだが、手術室に入る患者がいてね」

二人がさっと振り向くと、テントの外にマイクとシャイローが立っていて、レイチェルは顔をしかめた。左のまぶたをゆっくり下げてウインクをよこすシャイローに、レイチェルは笑いを噛《か》み殺した。

「お待たせするつもりはありません、サー！」ナタリーは返し、直立不動の姿勢で敬礼した。「ご無礼を働いた償いに、匍匐《ほふく》前進で手術室まで行きましょうか？　それとも低い身分にふさわしく、少し離れてあなたについていけば充分でしょうか？」

「好きにしたまえ。いつものように！」

マイクとナタリーが行ってしまうと、しばし沈黙が流れた。レイチェルはため息をついて、クリップボードを手に取った。「二人とも手術室に着くまでに落ち着くといいけど」

「心配ない。彼らはプロフェッショナルだから、仕事に私情を持ち込むことはないさ」シャイローはテントの中をのぞき、箱の山を見てうめいた。「なんだ、これは！　また配送があったのか？」

「ええ、今朝届いたの。大半は手術室の清掃用品で、あとは包帯類ね」背筋がむずむずするのを感じながら、レイチェルは説明した。まだ緑色の手術着姿のシャイローが、一瞬にして彼女をあの初日の夜に引き戻す。メキシコを去るときには、わたしはきっと、彼の筋骨たくましい体を目にしたことを一番の思い出として持ち帰るのだろう。

レイチェルはくるりと背を向け、シャイローの姿が目の前にちらつくなか、懸命に箱を数え始めた。集中するのよ、レイチェル。厳しく自分に言い聞かせる。眠っていてもできる、この退屈な仕事に集中しなさい……いいえ、眠っていてもできるのは、シャイローのことを夢見て眠れぬ夜を過ごしていなければの話よ。ペン先がクリップボードにはさんだ薄っぺらい紙を大きくえぐり、小声で悪態をついて顔を上げると、シャイローが笑っていた。

「無理もないよ、レイチェル。聖人だって怒るさ」

「そう？」レイチェルは甲高い声で言い、どうして彼にはわたしの胸中がわかるのかしらと思った。

「当然だ」シャイローは彼女からクリップボードを取り上げると、力の抜けた指からペンもそっと抜き取った。「仕事に取りかかりたいのに備品のチェックに時間を取られるのはもどかしいからね。二人でやろう。そうすれば半分の時間で終わるだろう？」

「ええ、たしかにそうね。お願いするわ」

レイチェルは背を向けて再び箱を数え始めながら、心から祈った。わたしが本当は何を考えていたのか、気づかれませんように。「十六個よ」自分がばからしくなり、こわばった小さな声で伝える。

「何が十六個？」

「ああ、ごめんなさい。六号の包帯よ」

「謝る必要はない。次は？」

レイチェルはかがんで、木製の運搬ケースを床の中央まで引きずろうとした。すると、目の前に大きな手がにわかに現れて驚いた。

「それはきみには重すぎる。ぼくに任せて」シャイローはすばやく木箱を目的の位置に動かすと、あたりを見まわした。「ふたをこじ開ける道具が必要だな……」

「これを使って」ナタリーがトラックの荷台から拝借してきたバールを手渡すと、彼はくすりと笑った。

「きみたち看護師はなんでも持っているんだね！」

レイチェルは律儀に笑ったものの、彼がふたの下にバールを差し込むのを見ながら感情を封じ込めるのは難しかった。シャイローは腕の筋肉に力をこめて、彼女とナタリーが最初の木箱を開けるのに手こずったことをあざわらうかのように、ふたをこじ開けると脇に置いた。彼女たちはあのいまいましいふたを開けるのに途方もない時間を要したのに、シャイローはまたたく間にやってのけた。

「なんだい？」

「えっ？」レイチェルははっとし、彼にじっと見つめられているのに気づいて顔を赤らめた。

「何か考えているのかと思ってね」シャイローは含みのある言い方で説明した。「心ここにあらずの様子だったから」

「そう？　ごめんなさい……」レイチェルは口をつぐんで顔をしかめた。「またやっちゃったわね。ナタリーと別の木箱を開けたときにすごく手こずったことをちょっと思い出していたの。わたしたちはあのいまいましいふたをなかなか開けられなかったのに、あなたはほんの数秒で開けてしまったから」

「こういう大きな体をしていて得することといえば、これくらいだからね」シャイローは軽口を言いながら身をかがめ、木箱の中のダンボール箱をまとめて持ち上げた。

「そうなの？」レイチェルは尋ねながら、箱の一つをテーブルに置いた。この箱も中身はさまざまな形とサイズの包帯類だったので、クリップボードを手に取り、リストにチェックを入れ始めた。

「ああ。大きくて困ることはないと言われるが、そんなことはない。ときにはハンデになるんだ。たとえば、三十二センチの足の男がダンスフロアで優雅に踊ってみせようとしても厳しい」シャイローが首を振ると、金色の髪が額にかかった。「身長百九十センチ以上のバレエダンサーを見かけないのは、そういうわけだろうね。足が大きすぎて、あのちっぽけなサテンのバレエシューズには収まらないのさ」

あまりの滑稽さに、レイチェルは思わず噴き出した。「まあ、それはそうね。たしかに、職業の選択肢が狭まったということはあるでしょうけど、長身のおかげで便利な面だってあるはずよ。たとえば、サッカーの試合とかコンサートとかではみんなの頭越しに見渡せるし、棚のいちばん上のものを取るのに踏み台が必要なことはまずない……」

「おやおや、からかっているのかい、お嬢さん。だけど、背が高すぎるのはなかなか大変なんだ」シャイローは次の箱を手渡した。その笑顔の温かさに、レイチェルは自分が今、何をしているのか忘れそうになった。「長さが合うズボンと、袖が肘の下まであるシャツを探そうとしてみれば、どれだけ苦労するかわかるさ！」

「そうよね……そういう大変さはあると思うわ」レイチェルは言うと、テーブルに箱を置いて大急ぎで中身をチェックした。そうすれば、なんとか一息つくひまを稼げる。だが、それは時間の無駄だった。

誰かの笑顔にとろけそうな心地にさせられたことなんて、今まであったかしら？ レイチェルはくらくらする頭で考えた。笑顔に胃がきゅっと締めつけられるようになって、息が苦しくなったことは？ そのほほえみを向けられただけで生き生きした気持ちになったことは？

一度もないわ！ 心の声が返ってきた。三十二年の人生で、笑顔がこんな影響をもたらしたことは一度もなく、それを認めるのは心もとなかった。自分は恋に落ちたことがあると思っていたし、人生をともにしたいと思う男性に出会ったこともあると固く信じていた。でも、シャイローの笑顔を見たときに感じたような気持ちになったことは一度もない。

箱を棚に並べる手が震えた。まさかこんなことが起こるとは想定もしていなかった。今回の派遣に参加志願したのは、人助けがしたかったからだ。沈滞気味の自分自身の人生に活力を与えられたらというのは、もちろん二の次だ。それなのに、突如として、未知の世界へ足を踏み入れるかどうかの瀬戸際に立たされている。いったいどうすればいいのだろう。シャイローに自分の気持ちを伝えるべきか、それとも胸に秘めておくべきか。

レイチェルの顔に無数の表情がよぎるのを見て、彼女は何を考えているのだろうとシャイローは思った。ショックや恐れや高揚感といったものがすべてごちゃ混ぜになったようなその顔は、彼女の頭の中がどうなっているのか知りたいという欲求を強くさせる。シャイローは欲求に屈して彼女に尋ねてみようかと思ったが、寸前で踏みとどまった。

歯を食いしばり、身をかがめて木箱から次のダンボール箱を引っぱり出す。レイチェルの美しい体を探索したいのと同じくらい、心の中も探ってみたいのに、話す内容に制限をかけなければならないのがもどかしかった。彼女がリストと照合できるように箱を手渡しつつも、ジューンが現れたときにはほっとした。

「レイチェル、さっき運び込まれた女の子を見てもらえないかしら？　付き添っている両親がひどく心配しているの。その子は地震で怪我《けが》をしたのではなくて、デヴィッドが診察したけど、病名を突き止められなくて困っているの。それで、何かわからないか、あなたに見てもらいたいそうよ」

「もちろん、いいわよ」レイチェルは急いで出入口へ向かい、途中で立ち止まって、ちらりとシャイローを振り返った。「できるだけ早く戻るわ」

「あわてなくていい」シャイローは答え、自分がどれだけほっとしているかを彼女に悟られないよう願った。あと二、三秒で欲求に屈して、どうしたのかと尋ねるところだった。そんなことをしても、状況がよくなるわけではないのに。シャイローはレイチェルに笑みを向けた。それが単なるねぎらいの笑みに見えることを願いながら。「きみが戻るまで荷ほどきを続けているよ」

「ありがとう」レイチェルは笑顔を返してテントから出ていった。彼女が去ったとたん、光が消え、もはや太陽も輝きを失ったように感じられた。

シャイローは大きく息を吸って、物資の荷ほどきに戻ったものの、頭の中をめまぐるしく駆けまわる考えを締め出すのは不可能だった。レイチェルと話すたび、惹かれる気持ちは強まっていく。気持ちを抑えられればと思うが、自分にその強さがあるのか自信がない。だが、もしここであきらめたら、自分が楽に生きるためにこの五年間守ってきたルールを、ことごとく破るはめになる。にっちもさっちもいかないとは、まさにこのことだ！

「しいっ、いい子《ベケーニャ》ね」

レイチェルは、熱くほてった子供の小さな顔から優しく髪を払った。五歳のマリア＝ルス・エルナンデスの容態はきわめて重く、両親が心配するのも無理はなかった。デヴィッド・プレストンは病名を突き止めるために考えられる検査は全部すませていたが、自身も素直に認めているとおり、彼は外科医であって内科医ではないし、この子の病気は彼には考えもつかない何かなのだろう。

レイチェルはなんらかの糸口をつかめないものかと、子供の両親に向き直った。マリアは熱が三十九度あり、腕と脚に発疹《ほっしん》が見られた。嘔吐《おうと》をしていて下痢もあった。バイタルサインは低下し、腎機能低下の徴候も見られる。白血球数の増加は感染症があることを示している。

「娘さんの具合が悪くなって、どれくらいになりますか？」レイチェルは尋ね、通訳の男性が彼女の質問を訳し終えるのを待った。

「ドス・ディアス」母親が心配そうに答えた。

「二日ですね」レイチェルはうなずいた。「そのあいだ、ずっと熱はありましたか？」

「わかりません《ノ・セ》」

セニョーラ・エルナンデスは堰《せき》を切ったように、早口のスペイン語でたたみかけた。レイチェルは通訳の説明に耳を傾けた。マリアはもともと少し顔色が悪かったものの、両親は風邪だと思っていた。地震が起こったあと、彼らはマリアとその兄弟の安全確認に精いっぱいで、マリアの容態が悪化していたことに気づかなかったという。

「無理もありません」レイチェルは夫妻に言った。そしてシーツをめくり、マリアを横向きにさせてもう一度注意深く調べると、左上腹部に傷跡を見つけて眉をひそめた。「マリアが脾臓《ひぞう》を摘出しているか訊《き》いてみてください」通訳に指示する。

「はい、去年」通訳は両親と短い言葉を交わしたあとで言った。「車にはねられて、摘出せざるを得なかったそうです」

「となると、感染症にきわめてかかりやすい状態ではあるわね」レイチェルは考えをめぐらせながら言い、デヴィッドを見やった。「もちろん、髄膜炎の可能性もあるわ。発疹はそれと一致するけど、光過敏の症状はなさそうだし、首の硬直もない」

「ぼくもそれを考えたが、きみの意見を聞くまで腰椎穿刺《せんし》はしたくなかった。ただし、安全を期して広域抗生物質を投与しておいた」

「いい判断だわ」レイチェルは再びマリアを仰向けにさせた。ふと、右足首の上方に五センチほどの傷跡があるのに気づいて眉をひそめた。顔を近寄せて見ると、咬痕《かみあと》だとわかった。おそらくは犬に咬《か》まれたものだ。レイチェルは気が重くなった。メキシコではまだ狂犬病は撲滅されておらず、それがマリアの病気の原因かもしれないと考えると恐ろしかった。

マリアの症状はそれを示していないにしても。

「この子の脚の咬傷《こうしょう》に気づいていた？」レイチェルはデヴィッドに傷を示してみせた。

「いや、気づかなかった」デヴィッドは当惑した様子で、レイチェルの思考回路を追うようにして言った。「血液検査をして確かめよう」

「わたしたちが考えているようなことでないよう願いましょう」レイチェルは静かに言った。テントに入ってくる人影に気づき、そちらを見やると、シャイローの姿が目に入ってどきりとした。彼がそばにやってくるあいだ、レイチェルは集中を保つのがやっとだった。

「何かわかったか？」シャイローはレイチェルからデヴィッドへ視線を移しながら尋ねた。

「うん、望ましいものではないけどね」デヴィッドは渋い表情で言い、マリアの脚の傷跡を示した。

セニョーラ・エルナンデスが再びスペイン語でまくしたて始めた。今度は両腕を振り上げ、首を振るしぐさまでつけて。みんながいっせいに期待をこめて通訳のほうを見た。

「咬んだのは隣家の犬で、その犬が彼女の子供たちを咬んだのは今月に入って三度目だということです」通訳は言った。「隣人には、犬がまた同じことをしたら撃つ！　と言い渡してあるそうです」

「ほかの子に何か症状は？」いち早く尋ねたシャイローに、レイチェルはほほえんだ。自分もまさに同じ質問をしようとしていたからだ。二人が考えることは同じ。そう思ってすぐにその考えを頭から追い払った。感情的になっている場合ではない。

「兄弟は大丈夫です。病気になったのはマリアだけです」答えが返ってきた。

「興味深い」シャイローは眉根を寄せてマリアを見つめた。「この子が犬からなんらかの病気に感染したのであれば、兄弟にも同じ症状が現れるはずだが」

「そうとは限らないわ。マリアは脾臓を摘出しているから、より感染しやすくなっているのよ」レイチェルは手早く説明した。

「なるほど」シャイローは言った。「しかし一つ好材料は、これは狂犬病ではなさそうだ。発疹は狂犬病に見られる症状ではない。ただ、この子がカプノサイトファーガに感染し、結果的に重い敗血症を患っているとしたら、症状はぴったり一致する。その菌は犬や猫の口の中に常在しているもので、ほとんどの人は咬まれても感染しない。だが、この子のように脾臓を失って、すでに免疫力が低下している場合は、感染する可能性がきわめて高い」

「では、この子の病名はそれだと思うのね？」レイチェルは勢い込んで言った。自分が恐れていたものよりずっと希望が持てそうだ。

「可能性は高いと思うが、確かめるにはいくつか検査を行う必要があるだろう。残念ながら、血液培養にはかなりの時間がかかるから、この子にはセフォタキシムに加えて、ベンジルペニシリン、メトロニダゾールを投与することにしよう。うまくいけばそれでよくなるが、なにしろ重症の子供だから、生き延びるためには手厚い看護が必要だ」

「それはわたしに任せて」レイチェルは請け合うと、通訳に向き直り、マリアの両親に彼女を入院させる必要があることを説明するように頼んだ。

セニョーラ・エルナンデスはその説明にほっとした様子で、レイチェルに心からの感謝を示し、彼女の手を握って片言の英語で〝ありがとう、ありがとう〟と何度も繰り返した。

「わたしがしっかり看護しますから」レイチェルがこみ上げるもので喉をつまらせて言うと、母親は通訳の必要もなく理解した様子だった。

マリアを病棟に移してベッドを整えたあと、エルナンデス一家全員に食べ物と飲み物を出すと、今一度、心からの感謝が示された。レイチェルはその後ずっとマリアに付き添った。容態が悪化したときのために、そばにいたかった。その部屋にはほかにもたくさんの患者がいて、ほとんどが町のがれきの中から救出された人々だったので、レイチェルは忙しく働き続け、シフトが終了しているはずの時間を過ぎてもずっと居残っていた。するべきことが山ほどあり、みんながありがたそうにしているのを見ると、疲労など些細《ささい》なことに思われた。シャイローがナプキンに包んだものを持って現れたとき、初めて腕時計に目をやり、遅い時間になっていることに気づいた。

「今日はよく働いてくれたね、レイチェル」シャイローは机に近づいてきて言った。そして、包みの中の分厚いトルティーヤが見えるようにナプキンの端をめくって、ほほえんだ。「ここから抜け出して、即席のピクニックでもどうだい？」

「本当においしかったわ！」レイチェルの満足げな声を聞いて、シャイローは笑った。ナプキンの折り目をかき分け、トルティーヤの最後のかけらを見つけて勧める。「最後の一口をどうだい？」

「いいえ、あなたがどうぞ」レイチェルは木の幹にもたれ、優美に指をなめた。「もうおなかがいっぱいよ！」

「ずいぶんおしとやかじゃないか、ミス・ハート」シャイローはからかいながら、香ばしいトルティーヤの最後のかけらを口に放り込んだ。

「なんとでも言って」レイチェルは舌を突き出して応じた。「そもそも、ジャングルの真ん中でお上品に取り澄ましたって、しかたがないでしょう」

「まあね」シャイローはあっさり認めると、周囲を見渡した。このピクニックのために、トラックを借りてキャンプから車を走らせてきた。あのままあそこにいたら、夕食の時間も休みなく働くことになるのはわかっていたし、レイチェルにそろそろ休憩を取らせてやらなくてはと気になっていた。町から四、五キロ離れたところに古代のマヤ遺跡があると地元民から聞いていたので、いい機会だとここに向かったのだった。主たるピラミッドは崩れて廃墟《はいきょ》と化しているが、かつてはいかに堂々たるものであったか、想像に難くなかった。

「ピラミッドが建てられた当時は、すばらしい眺めだったでしょうね」静かに言うレイチェルに、シャイローはため息をついた。たまたまぼくが考えていることを彼女が口にしただけなのか、それとも、二人のあいだには肉体的なものだけでなく精神的にも通じ合うものがあるのか？

「チチェン・イッツァは見たことがあるかい？」よけいな考えをなんとか頭から追い払おうとして尋ねた。彼女に強く惹かれているというだけでも充分に厄介なのに、わざわざ状況を悪化させることはない。

「写真だけなら。トムと、いつかカンクンで休暇を過ごそうって話していたの。滞在中に遺跡を訪れたいと思っていたけど、結局、わたしたちの計画はだめになってしまって」

「トムって？」シャイローはかすれた声で尋ねた。レイチェルにほかにつきあっている相手がいると思うと耐えがたい。今までそのことを考えもしなかったとは、うかつだった。これほどの美人なら、男性から引く手あまたに違いないのに。

「ああ、以前ちょっと知り合いだった人よ」屈託のない声が返ってきたが、そこにはなんらかの思いが隠れているのが聞き取れた。そのトムという男は、一時は彼女にとって大切な人だったのだろうか。

焼けつくような痛みが胸を貫き、痛みを和らげるには深呼吸しなければならなかった。レイチェルが男とそんな関係にあったと思うだけで嫉妬を覚えるとは、われながら信じがたいことだが事実だった。サリーと一緒だったときはこんな気持ちになったこともなかったので、自分はその手のことには無縁なのだと常々思っていた。

シャイローはさっと立ち上がった。サリーの過去に嫉妬したことはなかったのに、レイチェルの過去に嫉妬を覚えるというのは心穏やかでなかった。ナプキンを丸めてトラックに放り込むと、彼女に戻る時間だと言おうとして振り向いた。レイチェルはまだ木にもたれて座っていたが、その顔に浮かんだ表情を見て、シャイローは胸がざわつくのを感じた。彼女は何か悩んでいる様子だ。何を悩んでいるのか確かめないかぎり、ぼくの気は休まりそうにない。

シャイローは再び腰をおろし、レイチェルがこちらに目を向けるまで待ってから言った。「どうしたんだい？　何か悩んでいるようだけど」

「わたしなら大丈夫」認めようとしないレイチェルに、シャイローはため息をついた。

「大丈夫じゃないだろう。さあ、どうしたのか話してごらん」レイチェルが息をすばやく吸い込む音が聞こえて、シャイローは胃がきゅっと縮まる思いがした。こんなことを尋ねるのではなかったと後悔しそうな、いやな予感がした。

「サリーに何があったの？　わたしにはなんの関係もないことだってわかってはいるのよ。それでもやっぱり知りたいの」レイチェルは肩をすくめてみせたが、彼女がこのことを重要な問題ととらえているのはわかる。「このあいだの夜、ナタリーが話しているのを耳にしたの。あなたとサリーは最高のカップルだったって。その人はあなたの奥さんだったの？」

「そうだ」

「それで、何があったの？」

シャイローはじっと両手に目を落とした。ここまで来たら事実を話さないわけにはいかないし、べつに伏せておく必要もない。だが、今でも彼女のことを話すのは容易ではない。「サリーは亡くなった」

「亡くなった？」

ショックを受けたレイチェルの声に、シャイローは顔をゆがめた。彼女を動揺させたくはなかった。

「そう。彼女はある夜、仕事を終えて帰宅途中に車をぶつけたんだ。おそらく、ほかの車をよけようとしてハンドルを切ったのだろうと警察は判断した。道路にはスリップ痕があり、事故当時、別の車が走り去るのを見たと目撃者が証言したが、警察が情報提供を呼びかけても誰も名乗り出る者はなかった」

「知らなかった……」レイチェルは声をつまらせた。

「きみが知る由《よし》もないことだ」

「それはそうかもしれないけど、いまさら訊くことではなかったと思うわ」か細い悲しげな声がシャイローの感情を揺さぶった。

「事実を知りたくなったきみの気持ちはわかるよ。いずれにしろ、これは秘密でもなんでもないし。チームのメンバーのほとんどはこのことを知っている」シャイローはわびしげに笑った。「なかにはぼくを立ち直らせようとしてくれた者もいる。あえて言うなら、ぼくはぼろぼろだったからね」

「あなたがどれだけのものを乗り越えなければならなかったのか、わたしには想像もできない。愛する人との別れだけでもつらいのに、そんな別れ方って……つらくてたまらなかったでしょうね」

「そうだね」シャイローは認めた。こんな重要なことで彼女に嘘《うそ》はつけない。「サリーを失ったとき、ぼくの世界は終わったような気がした。事実を受け入れられそうになかった。彼女はもういないんだと、みんなは言う。だけど、ここで……」自分の頭を軽くたたいて言った。「彼女はまだ生きていたから、まわりの言うことをただただ信じたくなかった」

「ああ、シャイロー！」レイチェルの手が彼の手に重ねられ、シャイローは目頭が熱くなった。話し続けるのが精いっぱいだったが、こうして話し始めると、急に洗いざらい話したくなった。ほかの誰にも話していないこともすべて。

シャイローは手を返してレイチェルの手を握りしめ、胸に痛みがどっとよみがえってくるのを耐えた。

「ダウンズにぼくたちのお気に入りの場所があって、仕事が休みのときはよく出かけていた。サリーもドクターだったから、自由時間はいつも限られていた。それはともかく、事故から一カ月ほどたったある日、ぼくはそこへ行き、地面にひざまずいて彼女に戻ってきてくれと懇願したことを覚えている。置いてきぼりにされたことに無性に腹が立ち、彼女を恨みさえした。自分の人生を取り戻したかった。二人で立てた計画も、二人の夢も、全部。サリーのいない将来など考えたくなかった。正直、彼女なしでは生きていけないと思った」

「でも、あなたは生きた」彼が一呼吸置くと、レイチェルはそっと言った。「前に進み続けた。サリーはそれを望んだはずだと思って」

「そうだ」シャイローは乱れる息を吸い込み、ふつふつとわき上がってくる感情と闘った。感情に身をゆだねることを長いあいだ避けてきたので、久しぶりにその威力に触れるのが怖かった。「ナタリーがワールド・トゥギャザーを立ち上げるように勧めてくれたんだ。ぼくたち三人でよくそういう話をしていたし、ぼくが正気を保つためには何か打ち込めるものが必要だろうと。ナタリーの考えは正しかった。ぼくは生きる目的、すなわち前に進み続ける理由を与えられたおかげで、しだいに自分はやっていけると思えるようになった」

シャイローは肩をすくめた。

「自分たちを襲った災害に立ち向かっている人々の姿を見るのも助けになった。少し気持ちが楽になったというか……自分は一人ではないと思えた。ぼくの言っている意味がわかるかな？」

「わかるような気がする」レイチェルはむせび声で言った。

彼女の頬を流れ落ちる涙を見て、シャローはうろたえた。「ああ！　すまない、レイチェル。こんなふうに動揺させるつもりはなかったんだ」

「あなたのせいじゃないわ」レイチェルは言いかけて、おずおずと笑った。「社交辞令で嘘をついても意味がないわね」

「まったくだ」シャイローは真顔で言うと、ポケットを探ってティッシュペーパーをレイチェルに手渡した。彼女が涙をぬぐって鼻をかむのを待つ。「も

「そうね」レイチェルが見せた笑顔は、シャイローのたがをはずさせるのに充分なものだった。自分はあやまちを犯そうとしているのではないかと思い直すこともなく、彼女を引き寄せ、しっかりと抱きしめた。レイチェルの勇気が、長いあいだ誰も動かすことのできなかった彼の心を動かしたのだった。

シャイローは彼女の顎に手をかけ、彼のキスを受けられるように顔を上向かせた。唇が彼女の唇に触れる手前で、涙に濡《ぬ》れたビロードのようになめらかな頬をかすめ、シャイローは身震いした。彼女の肌の感触が何よりも強力な媚薬《びやく》であることは間違いなく、その証拠に彼の体はたちまち反応した。

頭に血がのぼり、目はかすみ、レイチェルの顔が光に包まれたように見えて、目の前でちらつき始めた。彼女に触れなければ、とシャイローは思った。手の甲で彼女の頬を撫《な》で、顎の輪郭をたどってから引き返し、口元で止める。そのあいだにも胸の高鳴りは激しさを増し、体はもっと欲しいと告げている。不意に彼女の唇がため息とともに開かれた。忍びやかでありながら、自分の知る中で最高に官能的なその音に、彼はうめき声をあげ、苦しみもだえた。

「ぼくがどれだけきみを求めているかわかるかい、レイチェル？」

「ええ」レイチェルはシャイローの体に手を滑らせていき、興奮で高まった場所で止めると、彼の目をまっすぐ見つめた。「これがあなたを苦しめていることはわかるわ、シャイロー。でも、キスをしようとしただけでこうなるなんて不思議よね。なぜ人は、体が熱く燃えるほど誰かのことを欲しいと思えたり、その人にどうしても触れてもらいたくて、その願いをかなえるためなら十年かかってもかまわないと思えたりするのかしら？　わたしにはそこがわからない。あなたに説明してもらいたいくらいよ」

「できることならね。どういうことか理解できたら、どんなにいいか。でもきみと同じで、それはぼくにもわからない」

シャイローは口を閉じた。これから先、もうレイチェルを腕に抱くことはない日々が訪れたときのために、この思いを味わい、楽しみ、取っておく必要があるからだ。その考えにぞっとして身震いすると、彼女も同じように身を震わせた。もっとも、理由は同じではないだろうが。レイチェルはぼくのように不安をかかえているわけではないし、ぼくが彼女に与えられるものに限度があることを理解していない。シャイローは再びわれに返った。こんなことをしていてはいけない。できもしない約束をするのは、どれだけ残酷なことか。

「やめておこう――」シャイローは言いかけたが、レイチェルは最後まで言わせず、唇を彼の唇に押しつけて、彼がこの三日三晩、夢見ていたような情熱的なキスをした。

シャイローはうめいた。二人の唇は同じ鋳型から作られたのではないかと思うほど、ぴったり合っているように感じられた。彼女の唇はとても柔らかで、甘く、飢えていた。その飢えの強さに、シャイローは彼女を押しのけられなかった。彼女を引き寄せ、しっかり抱きしめると、二人のあいだに情熱の炎が燃え上がった。まばゆいばかりの赤く熱い炎が二人の肉体を焼き、魂に焦げ跡を残していく。そのとき、シャイローは思い知った。たとえあとで悔やむはめになろうとも、この瞬間のことだけは二人ともけっして後悔しないだろうと。二人はこのために生まれてきたのだ。今このときのために。ぼくたちは今日のことを一生忘れないだろう。

5

「それで、昨夜はどうだった？　シャイローと楽しく過ごせた？」

翌朝、レイチェルがマリアのカルテをチェックしていると、ナタリーがやってきた。せっかくここまで気まずい質問をされないように立ちまわってきたのに。ほかの看護師たちが目を覚ます前に起きて身支度を整え、朝食も抜いて、スタッフが持ってきてくれたコーヒーだけですました。こんなに用心するのはばかげているかもしれないけれど、誰かに気づかれる前に、自分とシャイローの関係が新しい局面へ進んだことに慣れておきたかったのだ。

二人の関係が昨夜どう変わったのかを思い返すと、胸がときめく。最初に狂おしく求め合ったあとは、シャイローはすばらしく優しい恋人になった。一度目は飢えたように互いを求め、情熱に突き動かされるまま、抑えが利かなかった。だが、二度目は違った。ずっと優しく、情愛のこもった……。

「レイチェル？」

レイチェルははっとして、ナタリーに見つめられていたことに気づき、笑顔を作ってみせた。「すてきだったわよ。マヤの遺跡に行ったの。あなたも見たことがあるかもしれないけど、それは壮大な眺めで、とりわけ月が出ている夜は……」急に言葉につまったのは、月明かりにまだらに照らされたシャイローの体の記憶に圧倒されたからだ。

ナタリーはため息をついた。「わたしが口出しすべきでないことはわかっているのよ、レイチェル。でも、気をつけてほしいの。シャイローが傷つくのは見たくない。彼は大変な思いをしてきたから」

「サリーのことを言っているの？」ナタリーが驚くのを見て、レイチェルは肩をすくめた。「サリーの身に起こったことと、彼が受けた痛手については本人から話を聞いたわ。きっと、つらいどころではなかったでしょうね」

「そうね。一時はシャイローも失うのではないかと思ったくらい。それほどひどいありさまだったわ」

ナタリーの顔に痛みがよぎったが、そのあと笑顔になった。「今はすっかりふっきれたみたいで、ほっとしているの。それでもまだ……そうね、傷つきやすいと言えばいいかしら、なんだかおかしく聞こえるかもしれないけど」

「ちっともおかしくないわ。あなたが心配する理由はわかるけど、わたしは彼を傷つけるようなことは絶対にしない」そう請け合ったところで、ジューンがテントに入ってきたので口をつぐんだ。

「二人で何を企《たくら》んでいるの？」ジューンはそばへ来て言った。「あなたのいとしい人と手術室で働けるようにレイチェルを買収しようとしているのなら、わたしにもごちそうしてね。そうしたら、彼は悪い男だってことを黙っていてあげる」

「わたしのいとしい人ではないし、なんなら彼にそう言っておいて！」ナタリーは返した。

三人とも笑ったが、ジューンが来て話題が変わったことでレイチェルはほっとしていた。ナタリーの言葉が気にさわったわけではない。だが、気持ちの整理がまだできていないのに、シャイローとのことをあれこれ話すのは容易ではない。

「あなたとマイクには道理を言って聞かせる必要があるわ」ジューンが辛辣に言った。「二人とも頭がいいはずなのに、人生をめちゃくちゃにしようとしている。彼はあなたを愛していて、あなたも彼を愛しているのに、いったい何が問題なの？」

「お金よ」ナタリーはこわばった笑みを浮かべた。

「わたしにはあるけど、彼にはない。それだけのこと」二人に挨拶代わりに手を振ると、ナタリーはテントから出ていった。

レイチェルはナタリーを見送って、眉をひそめた。「本当なの？　二人は本当にお金のことで揉《も》めているの？」

「そうよ」ジューンはため息をついた。「ナタリーの家は超がつくほどの資産家なの。〈パーマー製薬〉って、聞いたことがある？」

「もちろんあるわ。ナタリーはあそこと縁があるってこと？」レイチェルは驚いて叫んだ。

「そういうこと。お父さんが社長で、彼女は溺愛されている一人娘だから、ナタリーが会社を相続するはずよ。マイクは、彼女がそんなお金持ちだってことに耐えられないのよ。彼自身が貧しい生い立ちだから、よけいにね」ジューンは顔をしかめた。「男のプライドってものかしら」

「思いもよらなかったわ。だって、ナタリーは本当に……そうね、本当に普通の人って感じだから」

「普通の人よ。金持ちだからって偉そうにしない。友人としてすばらしい人だし、とりわけシャイローにはよくしているわ。もっとも、わたしたちみんなができるだけシャイローに気を配っているけど」

ジューンの口調に警告めいたものを聞き取り、レイチェルはため息をついた。「シャイローを傷つけないでって遠まわしに言っているのなら、そんなことはしないから心配しないで」

「そう。それじゃあ、次の議題に移りましょう。今日、アメリカからのチームを受け入れる予定なの。ドクターが二人と看護師が一人よ。これで少し負担が減るでしょう」

幸い、その後は仕事に集中できたが、シャイローとレイチェルのことを心配しているのはジューンとナタリーだけではなさそうだということはわかった。

でも、わたしたちがどういうつきあい方をするか、彼らが心配することはないのに。彼を傷つけることだけはしたくないと思っているのだから。

その日の午前もあわただしく過ぎた。新規の入院患者が数人いたので、忙しいのもしかたのないことだ。早くも病床は満杯になりそうだったが、ありがたいことに、当局が幹線道路の通行を再開させたので、まもなく患者を何人か地元の病院へ移せる見込みだ。レイチェルは新規の入院患者を受け入れ、できるだけカルテを埋めようとしたが、書けることはごくわずかだった。地震は家族を引き裂いてしまった。残された人々にとってどんなにつらい体験か、自分には想像もつかない。今もレスキュー隊ががれきの中で活動しているが、生存者を救出できる可能性は日に日に減少していく。

昼前からマリアの容態が悪化し始めた。レイチェルは三十分おきに様子をチェックしたが、少女の尿の排出量が減ってきたことに気づいて憂慮していた。スタッフの一人にマリアを見ていてもらい、アドバイスをもらおうと、手術用テントに向かった。シャイローがそこにいるのを知っていたからだ。着替え室にいる彼を見つけると、手術と手術の合間に手洗い消毒をするために上半身裸になっていた。その姿を見てレイチェルは立ちすくんだ。前夜の記憶がまたよみがえってきたからだ。不意に振り返った彼の顔は、すてきなほほえみで輝いている。

「やあ！　ひょっとしてぼくに会いに来たのかな」

「そうよ」なんとか平静な口調を保とうと咳払《せきばら》いしてみたが、ついにっこりしてしまい、努力は無駄になった。「本当にあなたを探していたの」

「今日のぼくはついているな」シャイローはいたずらっぽくつぶやいて、レイチェルを赤面させた。

「おふざけはやめて！」気を散らすまいと、きっぱり言った。

「了解しました。申し訳ありません！」

シャイローは笑いながら答え、タオルを取って手をふいた。そしてタオルを洗面台に放り込み、こちらに向かってきたかと思うと、たちまち彼の胸板が鼻先に迫り、レイチェルは息をのんだ。心臓が狂ったように早鐘を打ち、息は古い蒸気機関のようにぜいぜい鳴っている。シャイローが彼女の顎を持ち上げて目をのぞき込んできたときには、足元へ崩れ落ちそうになった。

「それで、今朝は何をご所望かな、シスター・ハート？」温くてとろけそうな低い声で訊《き》かれ、レイチェルは不満げにうめいた。

「昨夜のあとでそんな質問をするものではないわ！」

「だめかい？」シャイローはそうささやきながら、顔を寄せてキスをした。

「だめよ。答えに困るわ」

「だとしても、答えを探るのは楽しいじゃないか」

唇が拷問のように唇をかすめてくる。

「あなたって本当にいじわるね、シャイロー・スミス。それなのに、みんなはわたしがあなたを傷つけるんじゃないかと心配しているんだから！　危ない目に遭っているのはわたしのほうなのに」

「どういうことだ？」シャイローが身を離し、眉をひそめるのを見て、レイチェルはしまったと思った。

「ナタリーにもジューンにも面と向かって言われたの。心配だと。わたしが……その、あなたを傷つけるんじゃないかって」レイチェルは打ち明けた。自分の言葉が誤解を与えてはいけないので、彼の目を見て言った。「だから、二人にはこう言ったわ。わたしはあなたを傷つけることだけはしたくないと思っているから大丈夫って」

「すまない」シャイローは不意にレイチェルを放してあとずさりした。「二人ともきみに意見したりすべきじゃない。ひとこと釘《くぎ》を刺しておくよ」

「たいしたことじゃないわ」レイチェルは請け合った。「二人が心配する理由もわかるし。あなたのことをとても気にかけているのよ、シャイロー。わたしが彼女たちの立場だったとしても、まったく同じように思うでしょうね」

レイチェルは大きく息を吸った。だが、それは次の質問に備えるためだった。喜ばしい答えが返ってくるかどうかはわからなくても、彼に訊いてみなくては。彼がわたしを見るときの目つきには、何か引っかかるものがある気がしてならない……。

「昨夜は思いがけずああいうことになって、お互い驚かされたわね。わたしは後悔していないけど、あなたはどう？　ゆうべのことを残念に思ってはいない、シャイロー？」

「思っていないよ」

レイチェルがうれしそうにほほえんだので、シャイローも笑顔で応えたが、良心がちくりと痛んだ。ことの成り行きを後悔してはいないが、大喜びしているわけでもない。最初に抱き合ったときは、情熱に押し流されていた。だが、二度目は……あれはどうしたことだったのだろう？

一度目は情熱だが二度目は愛だよ、と小さな声がなじり、棺《ひつぎ》に釘を打ち込むように、その言葉が脳に打ち込まれていく気がした。

「……そういうわけで、あなたにあの子を診てほしいの」

シャイローは危険な考えを振り払い、レイチェルの言葉を急いで頭の中でつなぎ合わせた。「服を着る時間だけくれれば、すぐに行く」ぶっきらぼうにそう言った。

「ありがとう」レイチェルは笑顔で応じると、急いで出ていった。

シャイローは手術室をのぞいて、病棟にいる患者を診に行くことになったと手短に説明した。幸い、ダニエルはまだ次の患者の麻酔を始めておらず、シャイローがしばらくここを離れても大きな問題はなさそうだった。ほんの数秒で服をはおり、病棟のテントへ移動するのにもたいして時間はかからなかった。着いてみると、レイチェルはマリアのベッドのそばに立ち、少女の手を握っていた。それはのちのちまでシャイローの記憶に残りそうな光景だった。

レイチェルは親身になって患者に寄り添う。それがまた彼女のいいところだ。マリアのベッドへ向かいながら、シャイローは思わずにはいられなかった。レイチェルには欠点がないのだろうか？　欠点さえ見つかれば、ぼくも現実的になれて、二人に潮時が訪れたときにも別れがたやすくなるのに。だが彼女には欠点などなさそうで、それがいっそうストレスだらけの状況を作り出し、苦悩をもたらしている――自分は二度とそういうことにはならないようにしようと誓ったのに。これではまさに恋の病にかかった情けない男だ。憂いを帯びたドクターを装うのは難しい。

「様子はどうだ？」今は自分のことよりも、この少女に集中しなければ。五年ものあいだ、感情をしっかり押さえ込んできたのだから、いまさら好き勝手にふるまわせたりしない。

「よくないわ。血圧が下がっているの。大きな変化ではないけど、見逃せない」レイチェルは報告した。マリアのことで頭がいっぱいの様子で、シャイローとしては助かった。

「尿の排出を促すように点滴をし、利尿剤を処方しよう。だが、それは一時的な対処療法にすぎない。こういったケースではだいてい腎臓疾患が残るものだから、回復したとしても透析が必要となるかもしれない」

「ここで透析ができるの？」レイチェルは心配そうに尋ねた。

「無理だ。ここには必要な装置がない。地元の病院にもないだろう。だから、処置のできる病院に移す必要がある」レイチェルを見やると憂慮を浮かべた顔をしていて、ジャイローは胸が痛み、実際に足は動かさないまでも、心の中であとずさりした。「受け入れてくれそうな病院を探してみるよ。カンクンやプエルト・バヤルタなら、観光業者と提携している病院があるから、期待できるかもしれない」

「でも、無料で治療してくれるかしら」不安そうな声を聞いて、ジャイローは思わず手を伸ばし、レイチェルの手をぎゅっと握った。

「わからない。でも無料にはならなくても、なんとか打開策を見つけるよ。こんなときにいつも助けてくれる、実に気前のいい後援者もいるしね。心配しなくていい、レイチェル。ぼくがなんとかする」

「あなたはできるかぎりのことをしてくれる人よ、ジャイロー。あなたにそれ以上何を望むことがあるかしら」その声には温かさがあふれていて、分別をわきまえて行動しようという考えは全部吹き飛んでしまった。

看護スタッフが使用するカーテンで仕切られた小部屋へレイチェルを引き込むと、むさぼるようにキスをした。ジャイローが体を離したあとも彼女はまだ目を閉じていたので、そのうっとりとした表情を見つめていることができた。やがて彼女のまぶたが開くと、その目はなんとも優しく温かな表情をたたえていて、ジャイローの心臓は早鐘を打ち始めた。

「もう行くよ」今は冷静な声を出せそうもなかったので、そっけなく言った。「手術室に患者を待たせているから」

「わたしも早く仕事に戻らないと。ボスが文句を言い出す前にね」

シャイローは笑みを返したものの、手術室へ引き返すときには、まるで悪魔に追われているような気分だった。いや、実際そのとおりなのだろう。電話を何本かかけさせてくれと事務的にダニエルに伝えるあいだに、シャイローは吐き気がこみ上げてくるのを感じた。自分の人生が突然、制御不能になってしまったようで、こんなふうに感じたのは何年ぶりかのことだった――正確に数えると五年だ。悲しみと苦しみ、どうしようもない喪失感にさいなまれていた、長い五年間。そしてようやく安定を手に入れたというのに。幸せは手に入らないにしても、少なくともある程度の心の平穏は得られていたのに、今また、もとの状態に戻ってしまったようだ。人生はずたずた、感情は混乱をきたし、肉体は苦痛を訴えている。とても手に負えるものではない。

レイチェルに恋愛感情を持ってはならない。自分はそんな状況に耐えられるはずがない！　レイチェルにもぼくに恋愛感情を持たせないようにしなければ。どちらがそうなってもまずいことに変わりはないからだ。レイチェルの幸せに対して責任を負いたくはない。かつてはぼくにも幸せをはぐくもうとしていた時期があった。だが、あのときのように、ある日突然すべてが壊れてしまうのではないかと思うと怖い。そんな恐れをかかえて生きていくのは無理だ。またあんなみじめな思いをするくらいなら、生涯一人でいるほうがましだ。

点滴と利尿剤のおかげでマリアの容態は安定しているが、これは一時的な小康状態にすぎない。レイチェルは仕事をこなしながらも、この少女を受け入れてくれる病院をシャイローが見つけてくれますようにと祈っていた。エルナンデス一家はこのキャンプの近くに移動してきて、そこに枝や紙で急ごしらえの小屋を作っていた。レイチェルは、ことあるごとにマリアの兄弟をはじめ、おじ、おば、いとこたちに紹介された。みんながありがたそうに、何度もお礼を言ってくれるので、気恥ずかしくてたまらなかった。セニョーラ・エルナンデスが感謝の意を表す役目を買って出て、地域の女性たちが身につける、伝統的な模様が刺繍《ししゅう》された美しい白のブラウスを持ってきて、レイチェルを感激させた。

「とてもすてきなブラウスね、セニョーラ。でも、お心遣いはありがたいけれど受け取れないわ」地震でエルナンデス一家がほとんどの家財を失ったことを知っていたので、レイチェルはやんわり断った。

「いいの《シ》、いいの《シ》」夫人はブラウスをレイチェルの手に押しつけた。「あなたへの贈り物なの《エス・ウン・レガーロ・パラ・ウステ》、セニョリータ」

「どうもありがとう《グラシアス》」この贈り物を受け取らないと、かえってがっかりさせることになると悟って、レイチェルは折れた。ブラウスを持ち上げ、ほれぼれと眺める。「とてもきれいね《エス・ムイ・エルモソ》」学校で習ったスペイン語を思い出して言った。

一家は声をそろえて喜び、マリアに付き添うために出ていった。贈り物が快く受け取られたことにみんな満足している様子だったが、レイチェルはまだ受け取ったことに罪悪感を覚えていて、何があったのかと見に来たジューンに事情を説明した。

「あの人たちの手元に残ったものはわずかしかないのに、そこからもらうことが申し訳なくて」ジューンにブラウスを見せながら言った。

「わかるわ。でも、感謝の気持ちをなんとか示したかったのでしょうし、受け取ってよかったのよ」ブラウスの首まわりに施された豪華な刺繍を指でなぞりながら、ジューンはため息をついた。「わたしもこれが着られるくらい若かったらよかったのに。レイチェル、あなたが着たらすてきだと思うわ」

「そう?」自分の胸に当て、金属製の収納棚の扉を鏡代わりにしようとした。そのとき、不意に誰かが背後に現れ、振り向いてみるとシャイローだったので、レイチェルはどきりとした。「セニョーラ・エルナンデスがどうしても受け取ってほしいって言うものだから」消え入りそうな声で言うレイチェルに、ジューンはくすくす笑い、気を利かせてその場を離れた。

「きれいだね」シャイローはそう言いながら、白いコットンの下の柔らかな胸のふくらみにしばらく目を留め、それからわざとらしく咳払いした。「きみに知らせたいことがあって来たんだ。カンクンでマリアを受け入れてくれる病院が見つかった。設備の整った腎臓科があって、運よく一床空いている」

「すばらしい知らせね！」レイチェルは彼にならって、自分も仕事に集中しようと努めた。「でも、どうやってあの子をそこまで連れていくの？　カンクンがここからどれくらい離れているかは知らないけど、車で行くなら相当な時間がかかるんじゃないかしら」

「そう、だからヘリコプターで運んでもらう。アメリカチームが、乗ってきたヘリのパイロットがマイアミへ戻るときにマリアを病院まで連れていく案に同意してくれた」

「ますますすばらしい知らせだわ。でもそれには誰か付き添いが必要よね？」

「そうなんだ。それを決めなければならない。よければきみが行ってくれないか、レイチェル。だめなら、ナタリーに頼んでみてもいい。今朝マイクと喧嘩《けんか》したあとだから、息抜きができて喜ぶだろう」

「また言い争いになったの？」シャイローがうなずくと、レイチェルはため息をついた。「あの二人には早く問題を解決してもらいたいものだわ」

「そうだね。だけど妥協策が見つかるかどうかは彼らしだいだ。それで、きみはどうかな？　マイアミに行く気はあるかい？」

「行きたい気持ちはあるけど、帰りはどうしたらいいの？」レイチェルはゆっくり尋ねた。

「ここには帰ってこない」シャイローは大きく息を吸った。意識的に感情を押し込めようとしている様子で、表情がよそよそしい。「マイアミに行ったら、イギリス行きの便に乗って帰国するんだ」彼は肩をすくめた。「今週末にはここを発《た》つ予定なのに、飛行機代を出してきみをここへ戻すのは妥当とは言えないからね」

「なるほど。つまり、あなたはわたしにそうしてほしいのね。イギリスへ帰れということね？」傷ついた気持ちが声に出るのを抑えられなかった。

「そうすれば、いろいろな問題が解決するし……」

「問題の解決なんて、わたしにはどうでもいいことよ！」レイチェルは言い返した。

昨夜は思いがけずああいうことになったとはいえ、すばらしい夜だったのは間違いない。ただ、それが何を意味するのかはよくわからない。自分はなぜシャイローと情熱を分かち合ったのか、そのことについてじっくり考えるのをあとまわしにしてきたせいだ。一つだけはっきりしているのは、彼が欲しくてたまらなかったから、ということだ。わたしは誰とでもああいうことをするタイプではない。古臭い考え方かもしれないけれど、愛のないセックスなんてありえないと思っている。だから、彼とああなった理由をどこかの時点で突き止めないといけないが、それは今ではない。今は、わたしがいなくなることを彼がどう思っているのか知る必要がある。

「問題の解決なんて、どうでもいいの」さっきより静かに繰り返す。「あなたはわたしにいなくなってほしいのかと訊いているのよ」

「まさか。まだ出会ったばかりなのに、いなくなってほしいなんて思うわけがないじゃないか」シャイローは歯嚙《はが》みして言った。

「よかった」彼の声に情熱を感じ取り、レイチェルはおずおずと笑った。「だって、わたしもあなたと別れたくはないもの。まだ出会って間もないのに」

「レイチェル、ぼくは……」シャイローは言葉を止めて、首を振った。「なんと言えばいいのか、思い浮かばない。きみがいなくなると考えただけで気分が沈むというのに、イギリスへ帰ったほうがいいなんて言えるものか」

「じゃあ、何も言わないで。わたしが小さいとき、母がよく言っていたわ。なんとなく、これは違うなと思うときは、それをするのはやめておいたほうがいいって」この大きくて力にあふれた男性が自分自身の感情に翻弄されているのを見ていられなくて、レイチェルは優しく言った。

「でも、そんなに簡単なことなのかな？　自分の気持ちを信じるだけで、あらゆる問題を解決できたりするものだろうか？」

シャイローの懐疑的な言葉が胸を刺したが、彼は自分を守ろうとしているだけなのだろうと察し、レイチェルは笑顔で言った。「たしかに、それほど簡単ではないにしても、そこから始めなくては」彼の手を取って、しっかり握りしめ、わたしの言葉を信じてほしいと願った。「わたしはあなたを傷つけたりしないわ、シャイロー。わたしを信じて、そして自分の直感も信じて」

「きみの言いたいことはわかるよ。でも、先のことはどうなるかわからないし、必ずしも自分で選べるものではないだろう」彼はもう一方の手でレイチェルの顔を包んだ。苦痛をたたえた目で見つめる。

「〝いつまでも幸せに〟暮らせる保証なんて、どこにもないんだ、レイチェル。そして、ぼくはそれが怖い。かつて経験したことをもう一度経験するのは、とても耐えられそうにない」

「気持ちはわかるわ。本当に」そう言ったものの、胸が痛かった。彼を安心させられる言葉は見当たらない。レイチェルは握っていた手を放し、ブラウスを拾って注意深くたたむと、薄紙の中に戻した。お互い一人になって考える時間が必要だと感じたからだ。「これを汚さないうちに、しまっておいたほうがよさそうだわ」

「ぼくも、ナタリーにマイアミへ行ってくれるように頼まないと」

その声に痛みがにじんでいるのを聞き取って、レイチェルは目を上げた。シャイローは拷問にかけられているみたいな顔をしていて、彼をそこまで苦しませているのは自分だと思うと、耐えられなくなった。「シャイロー――」

「黙って」彼はレイチェルの唇に指を当てて、言葉を発することができないようにさせた。「レイチェル、ここにいてくれ。今ぼくに言えるのは、それくらいだ」

涙がこみ上げてきたが、レイチェルは何も言わなかった。シャイローを混乱させたくない。看護師用テントまで戻り、自分のバッグにブラウスを丁寧にしまい、それから手と顔を洗った。そうして時間をかければ、わたしが戻るころにはシャイローはいなくなっているだろう。もしかしたら、わたしは彼とのことで感情的になりすぎているのかもしれない。二人は一緒にいるものという考えに慣れてしまいさえすれば……。

そんな希望を抱いても無駄な気がしてきて、簡易ベッドに座り込んだ。わたしたちに未来があるふりをしても意味がない。二人にあるのは、昨夜のことだけ。今夜も、また別の夜もあるかもしれないが、それも帰国するまでのことだ。ひとときの関係を持つなんて考えもしなかったけれど、彼とはそういうめぐり合わせで、それを受け入れるしかない。あるいは、ここを去るほうを選ぶかだが、二人ともそれは耐えられそうにない。わたしはシャイローが傷つきさえしなければ、それでいい。あとはどんなことでもするつもりだ。

レイチェルは病棟に引き返した。中へ入ろうとしたそのとき、ヘリコプターの音が聞こえて振り向いた。ヘリが空き地に着陸するのを見届けてから、急いでテントに入った。アメリカチームが到着したからには、マリアの移送に向けて準備する必要がある。

すでにシャイローからエルナンデス一家に事情を説明してあったので、とくに問題なく転院準備を整えることができた。マリアのカルテを更新し終えたところにナタリーがやってきて、ヘリのパイロットがもう一人乗客が増えることに同意してくれたため、セニョーラ・エルナンデスもマイアミまで行くことになったと告げた。カンクンに住む親戚がいるらしく、そこに泊めてもらえば入院している娘を見舞うことができる。

レイチェルが少女の頰にキスをして、ベッドから離れようとしたとき、近づいてくる足音が聞こえた。シャイローが来たのだと思って振り向いた。たしかに彼だったが、一緒にいるのはなんだか見覚えのある人物だ。レイチェルが息をのんだのと、新しく来た人物が一歩前に出るのが同時だった。

「レイチェル！　信じられないよ。いったいここで何をしているんだい？」

「トム？」半信半疑で言った。「トムなのね！」

「本物だよ。少なくとも、覚えていてくれたんだね」彼は笑ってレイチェルを引き寄せ、抱きしめた。

「こんなことがあるなんて。ここ数年で最高のできごとだ！」

6

「再会を祝うのはあとにしてもらえるかな。差し支えなければ、この子をできるだけ早く病院に搬送したいのでね」

きつい言い方になっているのはわかったが、だからといって謝るつもりはなかった。シャイローがにらみつけると、新来の男はしぶしぶレイチェルを放した。この男が誰だか知らないが、彼女をわが物顔で扱うのも気にくわない。

「どうも。では、ストレッチャーに移そう。みんな手を貸して。ぼくの号令に合わせて、一、二の三」

マリアを車輪つきのストレッチャーへすみやかに移し終えると、シャイローは少女の腕に点滴針がしっかり固定されているかレイチェルが確かめるのを待った。彼女はうなずくと、生理食塩水のバッグをスタンドのフックからはずしたが、シャイローをまっすぐ見ないようにしていることがはっきりわかる。あの友人のせいで注目を浴びるはめになって恥ずかしく思っているのだろうか。それとも、昨夜ぼくたちのあいだに起こったことに罪悪感を抱いているのか？

ストレッチャーをヘリコプターに向かって押していきながらも、胃が締めつけられる感じがした。自分たちの荷物をおろしていたアメリカチームのメンバーが、近づいてくるシャイローとストレッチャーに気づいて振り向いた。

「じゃあ、ヘリに乗るのはこの子なのね」若くてきれいな金髪の女性が話しかけてきて、マリアをのぞき込んだ。女性は顔を上げ、シャイローを見ると、満面に笑みを浮かべた。「こんにちは！　ジョリーン・マーティンよ。あなたがシャイロー・スミスね。お噂《うわさ》はかねがね聞いているわ」

シャイローはそっけなくうなずいた。彼女に魅力的だと思われようが、どうでもよかった。レイチェルがまたあのトムとかいう男と話していて、二人で何を話しているのか、それぱかり気になってしかたがない。シャイローは振り向くと、感情をあらわにしないように努めながら、レイチェルに声をかけた。

「カルテは忘れていないだろうね？」

「ナタリーが持っているわ」レイチェルは答えた。その頬が少し赤らんでいる。

「内容は最新のものになっているね？」重ねて尋ね、彼女の頬が赤くなった原因は自分かトムかどちらだろうと考えた。その名前に聞き覚えがある気がして眉根を寄せる。トムという名前が話に出たのはいつだっただろう？

「もちろん」

今度のレイチェルの声にはとげがあったが、シャイローは口元まで出かかった謝罪の言葉をのみ込んだ。彼女は気を悪くしているらしい。ぼくが彼女の能力を疑うような発言をしたせいだろうが、こちらだっていい気はしていない。レイチェルは昔の恋人と無駄口をたたいているひまがあったら、仕事に専心すべきだろう。

トムという名前をいつ耳にしたのか思い出して、シャイローは愕然《がくぜん》とした。昨夜、あの前に……そう、抱き合う前にレイチェルと話していたときだ。彼女の話に出てきたトムと、このトムは同一人物なのか？　一時は休暇を一緒に過ごそうと約束する仲だった男なのか？　おそらくそうだろうと考えただけで耐えられない気がしたが、ほかにどうしようもないので我慢するしかない。それか、トムの鼻づらを殴るかだが、そんなことをすればどんな騒ぎになるかは想像がつく！

シャイローはマリアをヘリコプターに乗せたあと、セニョーラ・エルナンデスが乗り込むのを手助けした。ナタリーが、バッグをパイロットに渡してから別れの挨拶をしに来た。シャイローを抱きしめ、そして一歩後ろに下がった彼女の顔には、心配そうな表情が浮かんでいた。

「くれぐれも気をつけてね、シャイロー。レイチェルのことは大好きだけど、あなたには傷ついてほしくない」

「ぼくは大丈夫さ」強がって言った。「それより、きみとあのいかれたアイルランド人のことのほうが気がかりだ。まだ問題は解決できていないんだろう？」

「世界がひっくり返りでもしないかぎり、あの人が降参して道理を知ることはないと思うわ」ナタリーは笑いながら言ったが、その目に宿る痛みを隠しきれてはいなかった。

「本当に残念だよ、ナタリー」シャイローは彼女を抱きしめて、ため息をついた。「ぼくたちは似た者同士だな。ぼくは不安をぬぐえずにいるし、きみは目先のことしか見えていない男を愛して行きづまっている」

「人生はそう簡単なものじゃないってことよ」ナタリーは明るくふるまうことに徹して言った。

離陸の準備ができたとパイロットが告げに来たので、シャイローはナタリーがヘリに乗り込むのを手助けした。マリアは楽な姿勢で寝かされ、セニョーラ・エルナンデスはシートベルトを締めて座席におさまっている。ドアが閉まるとき、シャイローは乗客に手を振り、パイロットがエンジンをかけると、邪魔にならない場所へと移動した。空き地の端まで下がり、そこに立ってヘリが離陸するのを見送った。アメリカチームのメンバーは、仕事に取りかかる前に寝床を作っておこうと、場所探しに行っている。

レイチェルの姿はどこにもなかったが、シャイローは彼女が誰とどこにいるかは考えないことにした。こんなことばかりしていてはいけない。考えてもしかたのないことなのだから。

レイチェルは病棟へ戻ったものの、トムに再会したショックがまだ尾を引いていた。最後に会ってから六年になるが、彼がこんなかたちで現れるとは夢にも思っていなかった。まもなく交代にやってきたアリソン・ウッズとの会話で、レイチェルが男友達と再会したというニュースがキャンプじゅうを駆けめぐっていることがわかった。

「今日は感動の再会があったそうね」アリソンは屈託なく言った。彼女は二十代のしっかりした女性で、勤めている病院の同僚ドクターと婚約中で、来月に予定された結婚式を楽しみにしている。

「そうなのよ」軽い口調で返したのは、このことをおおげさに騒ぎ立ててほしくなかったからだ。わたしがトムから熱い抱擁を受けたのを見てシャイローはどう思っただろうかと、急に心配になってきた。「トムとはダルヴァーストン総合病院で一緒に働いていたの。彼が研修医交換プログラムで海外へ派遣されることになって、それきり連絡がとだえて。ここでばったり再会して、本当に驚いたわ」

「そうだったの。それじゃあ、ただの同僚だったのね！」アリソンはくすくす笑った。「あなたとトムはわけありのカップルだというケイティーの説は見当はずれだったということね。ケイティーはドラマチックな再会を期待していたみたいだけど、どうやらがっかりすることになりそう。これからは、ぞくぞく感を味わうのは実生活ではなく、ロマンス小説だけにしてもらわないと！」

レイチェルも笑ったが、心穏やかではいられなくなっていた。六年前、トムとは同僚以上の関係だったのだが、他人がそのことに気づいたと知って不安になった。シャイローとできるだけ早く話さなければならない。彼に間違った思い込みをされるのは耐えがたかった。

病棟を出て、まっすぐ手術用テントへと急いだが、シャイローはもう手術に入っていた。どれくらいかかるかわからないので、待っていてもしかたがない。食事用テントに行って、食事をしてから外をぶらつくことにしよう。夜までシフトが入っていないので、いつもならゆっくり体を休めるのだが、今日は落ち着かなくて、とても自分のテントでじっと本を読む気分ではない。シャイローの手術が終わるまで散歩でもしようかしら。彼にはきちんと理解しておいてもらわないと。トムとのあいだに恋愛感情は残っていないことを……。

でも、それは本当？　トムのことは本当にふっきれたと言える？

はっとして、思わず足を止めた。よくよく考えているうちに胸がざわついてきた。一時はトム・ハートリーを心から愛していたし、人生をともに過ごしたいとまで考えていたが、不測のできごとがいろいろと重なって別れざるをえなくなった。思い出すのもつらいできごとで、乗り越えるのに長い時間がかかった。彼にもう未練はないと本当に言いきれるのだろうか？

その問いかけに答えることができず、唇を噛《か》んだ。トムのことを実際どう思っているかわからないし、それを認めることから広がる波紋を思うと怖くなる。シャイローを傷つけることだけは絶対に避けたいとはいえ、まだトムのことが好きだとしたら、そういう事態を避けられそうにない。

「これでいい。あとはドレーンを挿入して、縫合する。うまくいけば助かるだろう」

シャイローは痛む肩をほぐすと、手術の最終段階に入った。彼が手術した若者は腹部に大きな外傷を負っていたが、きっと回復すると見込んでいる。長い患者リストの最後がこの若者で、このあとようやく待望の休憩が取れる。長時間働いたおかげでレイチェルのことをしばらく忘れていられたのはよかったのだが。傷口縫合の最後の一針を縫い終えると、数々の不安がいっきによみがえってきた。

「みんな、ありがとう。今日もよく頑張ってくれたね」集中を切らさないように努めながら言ったが、それはなかなか大変なことだった。頭が勝手にさまざまなシナリオを描こうとするのだ。今この瞬間にもレイチェルはトムと一緒にいるのではないか？ 二人は近況報告にいそしんで、互いに惹《ひ》かれ合う気持ちがまだ健在であることを発見しているのでは？ トムとやらがレイチェルを抱きしめるのをぼくは見た――見逃すはずがあろうか。あの様子だと、あいつはぐずぐずしていないだろう。よりを戻そうとレイチェルを口説きにかかっているかもしれない。レイチェルのほうもあいつを振り払いはしなかったし、あれが彼女の気持ちの表れでないとしたら、いったいなんだというんだ！

手術室を出るころにはシャイローはすっかり消耗して、まともに考えることができない状態になっていた。手術着や手袋などをそれぞれの容器に放り込み、シャワーを浴びて服を着た。このあたりでは夕方になると急速に暗くなる。昨夜も、レイチェルとマヤの遺跡に着いたころにはまだ明るかったのに、一時間もしないうちに月がのぼってきた。

にわかに彼女の美しい姿を思い出して、痛みが波紋のように広がっていく。ぼくの腕の中に一糸まとわぬ姿で横たわっていたレイチェル。その美しさを崇《あが》めようにも、残されたのはあの一夜の記憶だけで、それでは足りない。彼女が誰かほかの男と一緒にいると考えただけでもむかむかする。だが、現実を見つめなくては。レイチェルがかつて愛していた男がトムなら、彼女がまだ彼のことを思っている可能性は高い。レイチェルの幸せをぼくが邪魔してはならないし、そのつもりもない。ぼくは彼女に何も差し出すことができないのだから。

その日の夕食にもトルティーヤが出たが、今はおがくずの味しかしなくて、天の恵みとはならなかった。活動するためには燃料が必要だと思って食べたが、口に放り込むたび、喉に詰まりそうになる。昨夜の簡単な食事を楽しんでいたレイチェルを思い出さずにはいられなかった。最後の一口を食べ終えて指をなめていた姿や……。

椅子を押しのけ、立ち上がった。ここに座って昨夜のことを考えていてはだめだ。これではおかしくなってしまう。レイチェルと話し、トムのことをちゃんと聞かなければならない。悪い知らせであっても、正面から向き合うのがぼくの流儀だ。

レイチェルは自分のテントにいなかった。ベッドに寝そべって大好きなロマンス小説を読みふけっていたケイティーは、行先を知らなかった。レイチェルがいそうな場所を全部まわってみたが、どこにもいない。アメリカチームは居住用テントの外でトランプをしており、トムもその中にいた。つまりレイチェルと一緒ではないということで、一つほっとできる材料だ。結局、シャイローはキャンプから出て、川縁《かわべり》に向かった。まるで魂が抜けたかのようにあたりを歩きまわっていたら、みんなの噂になりそうだからだ。そして、そこでレイチェルを見つけた。月の光を浴びて川岸に座っている。

シャイローは足を止め、深呼吸した。自分の気持ちをはかりかねていた。安堵《あんど》と不安が入り交じり、喜びは悲しみに包まれ、感情は混乱をきたしている。レイチェルの姿を見たとたん、矛盾した感情が次々にわいてきてしまったのだ。こんなになんらかの感情がわくということは、それだけ自分が彼女に深入りしている証拠だろう。

そう気づいて怖くなり、レイチェルが振り返ってこちらを見たときには笑顔を作るのが難しかった。だが、彼女の顔にも笑みはなかった。なんとも重苦しい表情をしているのを見て、シャイローの心臓は肋骨《ろっこつ》にぶつかりそうなほど激しく打ち始めた。シャイローは不安を隠すことも忘れてレイチェルのもとへ急ぎ、彼女の前にしゃがみ込んだ。

「大丈夫かい、レイチェル？」

「ええ」彼女がシャイローの頬に手を添えた。さんざん葛藤したあとなので、彼女の手が触れただけで息が止まりそうになる。「あなたはどう？」

「よくなった……今は」嘘《うそ》もつけず、小声で言った。

「まあ、シャイロー！」レイチェルはシャイローの首に腕をまわし、おびえた子供を母親があやすようにキスをした――不憫《ふびん》そうに。シャイローははじかれたように奮い立った。ぼくは子供じゃない。感情も欲望もそなえた大人の男だ！

レイチェルを抱きすくめて主導権を奪い、渇望と情熱と、男と女のあいだに存在する感情のすべてをこめたキスをした。レイチェルのため息が音楽のように耳に響き、自分が無敵の巨人になったような気がしてくる。何をくだらないことを考えているんだと自分にあきれて苦笑いをもらすと、レイチェルが眉根を寄せて彼を見た。

「どうして笑っているの？」

「どこかにへんてこな恐竜はいないかなと思っていただけさ。そうしたら、やっつけて洞窟に持ち帰って夕食にできるのになって」そう言って、彼女の鼻に鼻をすり寄せた。

「あら。あなたったら、急にマッチョに変身したのね」レイチェルがにっこりほほえんだ。そのしばみ色の目は楽しげな笑みのほかにも何かをたたえているが、それをあえて何とは名づけたくなかった。彼女はぼくを愛し始めていると決めつけるのはまだ早いし、想像するのも怖い。「わたしの髪をつかんでキャンプまで引きずって帰るようなことさえしなければ、マッチョも我慢してあげられると思うわ」

「約束はできない」声がかすれたのは〝愛〟という言葉が喉をふさいだからだ。レイチェルはぼくを愛してはいない。そんなはずはない。今はまだ……。

「ここへ来たのは、わたしを探すため？　それとも、ただ気分転換がしたかったから？」レイチェルが身をすり寄せながら尋ねた。

「その両方さ」シャイローは咳払《せきばら》いした。これで喉も頭の中もすっきりさせられたらと心底から願いながら。だが、さっきの考えが頭を離れようとしない。レイチェルはまだぼくを愛していないとしても、この先、愛するようになるかもしれない。それはいいことなのか、それとも悪いことなのか？

「来てくれてよかった。あなたと話したかったの」レイチェルは彼の手を取り、大きさを見比べてほほえんだ。「きれいな手をしているのね」

「ありがとう。誉《ほ》め言葉を返したいところだけど、きみのきれいなところを挙げていったら、一晩じゅうここにいることになってしまう」

「穴居人が誉め言葉を？」彼女の笑い声は柔らかく、どきどきするほどなまめかしかった。「イメージを壊さないでよね、マッチョマン！」

「かまわないさ。きみは本当に美しい、レイチェル。内面も外見も」優しく唇を重ねてから、ふっと離した。こんなことをしていてはとても集中できない。「それで、話したかったことって？」

「トムのことよ」

レイチェルが大きく息を吸い、その美しい胸がTシャツの下で盛り上がったが、茫然《ぼうぜん》としていたシャイローにはそれを愛《め》でる余裕はなかった。跳び起きてキャンプに逃げ帰らないようにするのが精いっぱいだった。ついさっきまで、あの男のことをすべて知りたいと思っていたが、もう何も聞きたくない。彼女が話を続けるあいだ、シャイローは苦痛に身を硬くしていた。

「自分がトムのことを実際どう思っているのか、きちんと見きわめる必要があるの。あなたに話を聞いてもらえたら助かるのだけど、かまわない？」

シャイローが答えないので、自分が何か失礼なことをしたのかもしれないとレイチェルは心配になった。唇を噛んで待ったが、とうとう耐えきれなくなり、沈黙を破ろうとした。

「無理を言って……」

「助けになるのなら……」

二人とも口をつぐみ、シャイローが顔をしかめた。

「きみの助けになるのなら、ぼくはかまわないよと言おうとしたんだ。喜んで相談に乗るよ」

「いいの？」レイチェルは眉根を寄せた。彼の言葉を真に受けていいのかわからなかったからだ。こんなことを頼むのは酷だったかもしれない。昨夜起こったことを考えると……。

思考をそこからそらした。これもほかのことと同様、考え出したらきりがなくなるからだ。小石を拾い、川の中に投げ入れ、波紋が水面に広がるのを見つめた。わたしのしていることも波紋を生むのかもしれない――たくさんの波紋を。そう思うと、急に怖くなった。シャイローとの関係を壊すようなことはしたくない。

「もちろん。きみがトムをどう思っているか、はっきりさせたほうがいいからね」シャイローの口調が静かで自信に満ちていたので、レイチェルの恐れはすぐに和らいだ。「ぼくの想像は合っているかな？

彼はきみが昨夜言っていた、休暇を一緒に過ごすつもりだった相手なんだろう？」

「ええ」この状況で昨夜の話をするのは気まずくて、顔が熱くなってくる。「トムとは一年ほどつきあっていたの。彼はダルヴァーストン総合病院の外科で研修医をしていて、それで出会ったわけ」

「なるほど。一緒に住んでいたのか？」

「いいえ。休暇から戻ってきたら自分たちのフラットを持とうと考えていたんだけど、ほかのいろいろな計画とともにこの案も流れてしまった」声にどうしても苦痛がにじんでしまう。当時のことを思い出すのはいまだにつらかった。

「いったい何があったんだい？　ほかの誰かが現れて、それで別れることになったとか？」

「いいえ、そういうのじゃないの。そんなに単純なことなら、もっとふんぎりがつきやすかったと思う」ため息が出た。「姉の事故のことは話したわね。そのときに言わなかったけど、姪《めい》も同じ事故で怪我《けが》をしたの。マイクロバスの中に閉じ込められて、脚を半分切断することになった。救出するにはそれしか方法がなくて。その執刀をしたのがトムだった」

「それが問題につながったと？」シャイローは慎重に言葉を選んで訊《き》いた。

「そう。ベサニーはそのときまだ十五歳で、悲しみに暮れていた。母親を失っただけでなく、脚まで失って、立ち直ることができずにいた。ほかに方法がなかったのに、トムを責めるようになった。状況がしだいに悪化して、とうとうトムは研修医交換プログラムに参加することにし、アメリカへ行ってしまった。それで終わり」

「終わりというひとことで片づけられるものではなかっただろう」シャイローはため息をついた。「大変だったに違いない」

「そうね。乗り越えるのに長い時間がかかったけど、ベサニーのことを考えなくてはならなくて、おかげで助かったわ。仕事とベサニーの世話で、自分のことを考えるひまがなかったから。ただ首をうなだれて、前に進むだけ。だってあの状況ではそうするしかなかったから」

「そのうちトムが戻ってくるとは思わなかった?」

「最初はね。でも、そのうちに常勤のポストを提示されてマイアミに残ることにしたという噂を聞いた」

「連絡を取り合っていなかったのかい?」

「ええ。トムはきっぱり縁を切るのが最良だと考えたから。わたしは、とにかく三人とも少しでもいい人生が送れればいいと思って、彼に従った」

「それなのに、ここメキシコで再会を果たしてみると、二人のあいだには未解決の問題が山ほど残っていることがわかったと?」

「そこまで言えるかどうかはわからないけど」未解決の状況のようには思えず、そうつぶやいた。たしかにトムと再会して驚き、混乱してはいるものの、それは突然のことだったからだ。未解決の問題が残っているかというと、それはない。

不意に頭の中のもやが晴れた気がして、レイチェルは安堵の笑みをシャイローに向けた。だが、彼はこちらを見ていなかった。水の中を見つめるその顔に浮かんだ表情には、ぞっとさせられるものがあった。もはやわたしは締め出されてしまったようだ。

「ねえ、シャイロー、説明しておきたい――」急いで話し始めたとき、キャンプのほうから大声が聞こえたので言葉を切った。

シャイローは立ち上がって、やってきた道の向こうを見た。「どうしたんだろう?」

「わからないわ」レイチェルも立ち上がったそのとき、リアム・ダンソンがこちらに駆け寄ってきた。そばまで来たときには、息を切らし、しゃべるのもおぼつかなかった。

「町で事故だ」リアムがあえぎながら言った。「教会の一部が崩れ落ちて、十人ほどが中に閉じ込められている。ブライアンもその中にいるらしい」

「あいつはそこで何をしていたんだ？」シャイローはそう言ってから、首を振った。「いや、そんなことはどうでもいい。ただちにチームを組んで町へ向かおう。リアムとぼくと、アメリカチームからも一人――」

「わたしも行くわ」レイチェルはさっと割り込んだ。「今日は夜のシフトだから、入っていいはずよ」シャイローが反対しそうなのを見て付け加えた。

「わかった。頑丈な靴がいるぞ。あと、懐中電灯と手袋と――」

「ええ。用意してくるわ」レイチェルは身を翻し、走ってキャンプへ戻った。テントにいたジューンがひどく動揺しているのを見て、彼女を抱きしめた。

「そんなに心配しないで、ジューン。シャイローがチームを連れて町へ向かうから、ブライアンが救出されたときには、現場にシャイローがいるわ。ブライアンはきっと大丈夫よ」

「当たり前よ。そうでなければ大目玉を食らわせてやるわ！」ジューンはそう言って、鼻をすすった。

「あなたも行くの？」

「ええ」

レイチェルは長靴を見つけ、ショルダーバッグから長袖のシャツを取り出すと、蚊に喰《く》われないようにTシャツに重ねた。ジューンは頭につけられるストラップのついた懐中電灯を持っていて、それをレイチェルに渡した。

「ありがとう」レイチェルはそれを頭につけ、バンドを締めると、外に走っていった。シャイローはすでに待機していて、トラックのエンジンはかかり、荷台に医療用具が山と積まれている。トムもそこにいたが、今はそんなことよりもっと大事なことで頭がいっぱいだった。ブライアンは本当にいい人で、彼が怪我をしていたらと思うと耐えられない。

　レイチェルは運転台に乗り込み、ドアを閉めた。ほかの二人が後部座席に乗り込むとすぐにシャイローは車を出した。でこぼこ道の揺れにレイチェルはドアにしがみついて耐え、やがてトラックは幹線道路へ出ると、スピードを上げ、ヘッドライトが照らす道を町に向かって突き進んだ。

　レイチェルは深呼吸した。このあとどんなことが待ち受けているのか、見当もつかない。でもシャイローがそばにいてくれれば、きっとうまく切り抜けられる。彼ほど頼りになる人はいない。そう実感して、目からうろこが落ちた気がした。トムへの気持ちには迷いがあるのに対して、シャイローへの気持ちには一点の曇りもない。彼はすばらしい人だ。彼にかなう人なんて、どこにもいないだろう。

7

「静かに《シレンシオ》！」

　レスキュー隊のリーダーの叫び声に、シャイローは手を止めた。掘削機を使うのは危険なため、素手で石を取り除く作業がすでに一時間以上続いていて、シャイローはくたくたになっていた。このがれきの下にブライアンが埋まっている――その思いだけが彼を動かしていた。

「ここだ《アキ》！」

　声の出どころを突き止めた隊員がその場所を指さし、歓声があがった。誰もが気合を入れ直し、十分後には一人目の生存者が救出された。シャイローは手早くその女性を診察したが、多少の切り傷やあざはあるものの、命に別条はなさそうだった。彼女をレイチェルに引き渡すと、掘り出し作業の手伝いに戻った。現場から離れているようにレイチェルを説得できて、ほっとしていた。救助を手伝いたいという彼女に、トラック後部に簡易手術室を作りたいから、そちらを頼むと言って納得させたのだ。レイチェルを危険から遠ざけたいと願うのは女性差別に当たるのかもしれないが、どうしても彼女が怪我《けが》をする危険性を受け入れることができなかった。

三十分後には全員の救出が終わった。幸い、教会が崩壊したのは全員が入口の近くにいたときだったらしく、一部のがれきを取り除くだけですんだ。重傷者が二人いたので、リアムとトムが別のトラックを借りてキャンプまで彼らを運び、シャイローとレイチェルは現場に残った。最後に助け出されたのがブライアンで、シャイローはそのまま彼をトラックまで連れていき、尾板に座らせて診察をした。

「運がよかったな」頭に怪我がないか確かめながら、シャイローは言った。「あれだけのがれきが落ちてきたんだ。パンケーキみたいにぺちゃんこになっていてもおかしくなかった」

「痛っ！」後頭部に石が当たったと思われる箇所をシャイローが見つけると、ブライアンは顔をしかめた。そしてすがるようにレイチェルを見た。「きみがやってくれないか、レイチェル？　きみなら誰かさんと違って優しくしてくれるはずだ」

「甘えないで」レイチェルは笑顔でたしなめてから、近づいてブライアンの手を取った。「どうしてもと言うなら手を握っていてあげるわ」

「ああ、頼む、頼むよ！」ブライアンは媚《こ》びるようにレイチェルを見ながら言った。

シャイローは二人のやりとりを無視してポケットからペンライトを取り出し、ブライアンの目に当てた。不思議なことに、ブライアンがレイチェルの手を握っても、まったく気にならなかった。トムが彼女を抱きしめるのを見たときはあんなに腹が立ったのに。そうなるのは、トムに対するレイチェルの接し方がほかの人に接するときとは大きく異なっている証拠だろう。あのときのぼくはまだ、二人のあいだに以前何があったか知らずにいたが、それでも何かを感じ取った。それもまた、トムが今もレイチェルにとって特別な存在であることを証明しているようで、シャイローの心は沈んだ。

「たいしたことはないが、頭を打っているから今夜は入院してもらう。何もないだろうけど」そっけなく言ってペンライトを消した。

「それはつまり、愛情のこもった手厚い看護をたっぷり受けられるってことか?」ブライアンが期待をこめて尋ねた。

「もちろんよ」レイチェルがくすくす笑いながらブライアンの手を放し、片づけを始めた。「今夜の担当はジューンだから、あなたを叱り飛ばしたあとはたっぷり世話を焼いてくれるでしょうね!」

「まいったな! ジューンは調子づくと、うちの母より厄介だ。いろいろとうるさくてね」ブライアンはうめいた。

「ジューンは心配しているだけだ」シャイローは冷たく言った。同情の余地などなかった。「そもそも、ここで何をしていたんだ? この時間はカウンセリングをしているはずじゃなかったか?」

「ああ、まあ、そうだ」ブライアンはきまり悪そうに言った。「オーストラリアのレスキュー隊の女性と話がしたかったんだ。彼らは明日の朝には帰国するから、その前に彼女をつかまえたくて」

気まずそうなブライアンを見て、シャイローはそれ以上追及しなかった。これもまた、本物の恋はうまくいかないことの一例なのだろうか? 片づけを手伝いながらシャイローは思った。

思わずため息が出る。一週間前ならこんなことは考えもしなかっただろう。感情をしっかり抑え込んでいたから、恋愛や、それに伴う厄介ごとは問題になりようがなかった。レイチェルとのこの状況を続けるのがいかに危険なことか、これでわかろうというものだ。今にも自分のルールを忘れてしまいそうになっているが、忘れたらどんなにつらい結果が待っているかはよくわかっている。ほかの男を愛している女性を好きになっても、みじめな思いをするだけだ。

その考えが一晩じゅう頭から離れなかった。レイチェルとのあいだに起こったことや、自分がすべきことについて何度も何度も考えながら、テントの中でつらい八時間を過ごした。どんなにいやでも、まだ離れられるうちに彼女から離れなければならない。彼女が今もトムを愛しているのなら、そうするのが一番だ。こちらの気持ちも考えるべきだと彼女に思わせて、ことを複雑にするつもりはない。彼女がまたトム・ハートリーと幸せになれるかもしれないのなら、それを邪魔する気はなかった。

翌朝、レイチェルは早くに目が覚めた。気がかりなことがいっぱいで、ゆっくり眠れなかった。トムのことを話したおかげで自分の考えははっきりしたが、シャイローが何を考えているのかわからず、依然として落ち着かない。トムのことはふっきれたので誤解を解きたいとシャイローに伝えようとしたが、その前に邪魔が入ってしまった。レイチェルは服を着るとすぐに、彼に会えるのではないかと食事用テントへ向かった。だが、そこにいたのはトム一人だった。レイチェルは足を止めたが、彼から声をかけられ、無視するわけにはいかなくなった。

「レイチェル、今朝はずいぶん早いんだな。きみも眠れなかったのかい?」

「ええ。きっと、あんなことがあって興奮したせいね」軽い調子で答えながらコーヒーを注《つ》ぎ、腰をおろす。

「わかるよ。ぼくもこの派遣に参加志願したときは、きみと再会するなんて思ってもいなかった。でも、再会したことは後悔していない」トムは言った。

ブライアンたちの救出劇を指しているとは思っていない様子だ。レイチェルは誤解を解こうとしたが、彼に先を越された。

「ぼくはずっと、何かが起こるにはそれ相応の理由があると思ってきたけど、まさにこれがその証拠だ。こんな辺鄙《へんぴ》なところでばったり会うなんて、ただの偶然じゃないよ。こうなる運命だったみたいじゃないか」

トムがその気になる前に何か言わなければならない。「あなたと思いがけず再会できたのはうれしいけど――」

「ぼくもだ。会いたかったよ、レイチェル」トムはそうささやくと、レイチェルの肩に手をかけて引き寄せ、キスをした。

とっさのできごとだった。彼のキスは懐かしく、レイチェルはとたんに、毎日の生活がトムへの愛に満たされていた幸せな日々に戻った気がした。トムは、レイチェルが初めて恋をし、初めて身を任せた相手だった。彼を押しのけなかったのは、その思い出のせいだろう。

「ああ！」トムが唇を離すと、その目に浮かんだ表情にはレイチェルを赤面させるものがあった。「きみとのキスがどんなにすばらしいか、忘れていたよ」彼女の手を取り、手のひらにそっとキスをする。「きみと別れるなんて、なんでそんなことができたんだろう？」

「さあ」レイチェルはつぶやくように言った。またしても混乱して、頭がまわらなくなっている。トムとのキスは、シャイローとのキスとはまったく違っていたが心地よかった。つまり、わたしは今もトムが好きだということ？　彼を押しのける代わりにキスを返したのも、そのせい？　でも、シャイローをこんなに思っているのにトムも好きだなんて、そんなことがありうるのだろうか？

「取り込み中にすまないが、レイチェル、ジューンが交代してもらえないかと言っている」

シャイローのとげのある声がして、レイチェルはぎょっとした。振り向いて、テントの出入口に立っている彼を見ると、みぞおちのあたりが重くなった。さっきのトムとのキスを見られただろうか？　答えはわからないが、見られたかもしれないと思うと、不安でたまらなくなった。

「きみのシフトはまだだとわかっているが、ジューンが片頭痛を起こしていてね。横になれば楽になると思う」レイチェルが返事をせずにいるので、彼は続けた。

「ええ、もちろん行くわ。ごめんなさい」レイチェルはあわてて立ち上がって出入口へと急いだが、何かが起こりそうな、いやな予感がした。

「ぼくもあとから行くよ、レイチェル」トムが後ろから声をかけてきて、レイチェルはなんと答えればいいかわからず、ただうなずいた。シャイローはレイチェルを通すために脇に寄った。体が触れ合わないように彼が用心していることがレイチェルには耐えられなかった。立ち止まり、悲しみを隠しきれない目で彼を見つめた。

「あなたを怒らせるようなことをしたかしら？」

「とんでもない」背を向けて歩き去ろうとするシャイローをレイチェルは追いかけた。

「行かないで！　大事なことなの」彼の腕をつかんで引き止めた。レイチェルの頭上を見つめて顔を見ないようにしている彼に、怒りがこみ上げてくる。

「さっき、トムがわたしにキスしているところを見たんでしょう？」

「ああ」

「それで怒っているの？」口調を少し穏やかにして尋ねた。

「きみとトムが何をしようと、きみたちの勝手だ。ぼくにはまったく関係ないことだよ、レイチェル」

シャイローはにべもなく言った。その口調に、レイチェルはぎくりとした。彼は距離を置こうとしている。そう思うと恐怖を覚えた。

「そんなのはばかげているわ。あなただってわかっているはずよ！」無駄な努力だとは思いながらも、彼に伝えたくて腕をゆすった。「あの夜にあなたとわたしのあいだで起こったことを考えたら、気にならないなんて言えないはずよ」

「もちろん、気になるさ！」シャイローは顔をこちらに向けて彼女の目を見つめた。その目の奥に燃えさかるエメラルド色の炎を見て、レイチェルは息をのんだ。

「シャイロー、お願いだから――」

「やめろ。その話をしても意味がない」

「意味があるのは、わたしたちが情熱を交わしたということよ。あなたのことは知らないけど、わたしは誰かと出会ってすぐに寝るような女じゃないの！」

「だからこそ、ぼくはきみにとって望ましい結果になるよう願っているんだ。ありふれた言い方かもしれないが、こういうこともあるさ、レイチェル。もちろん、一夜かぎりのことと片づけて、きみを侮辱するつもりはない。あれはきみだけでなく、ぼくにとっても大きなできごとだった」その声は感情がこもってかすれており、レイチェルは涙ぐんだ。

「ええ、わたしにとっても最高の夜だった――」

「だめだ、それ以上は言わないでくれ」シャイローはレイチェルの口にそっと手を触れてから、その手をおろした。「あの夜のことをぼくはけっして忘れない。だが、あれは人生のうちのたった一夜のできごとで、きみの今後の幸せがそれに左右されるのはいやなんだ」

シャイローはそう言って肩をすくめたが、霧がかかったようなその目を見れば、涙をこらえるのに苦労しているのがわかる。

「ぼくにはきみに差し出せるものが何もない。だから、きみをどうこうしようとするのは間違いなんだ。きみとトムがまた二人で幸せになれるなら、ぼくもうれしいよ」

「それで終わり？」レイチェルはぼんやりと言った。

「ああ。それで終わりだ」

彼は背を向けて去っていき、今度はレイチェルも引き止めなかった。体を丸めてどこかに隠れていたかったが、病棟へ行ってジューンと交代した。胸の中にはアフリカ大陸並みの大きな痛みが居座り、鉛をのみ込んだように重苦しい気分だったが、自分にはやるべき仕事があり、それはきちんとやるつもりだ。シャイローの人生にわたしが入る余地はなくても、彼を失望させたくはなかった。

その日はなんとか乗り切ったものの、ほとんど機械的に動いただけだった。シャイローが本心を明かしてくれたことはありがたかったが、拒絶された痛みがそれで和らぐわけではない。トムと別れたときよりもずっとつらかった。そこには何か深い意味があるのだろうけれど、じっくり考える心の余裕がなかった。どのみち考えても仕方がない。それで何かが変わるわけではないのだから。シャイローはわたしを求めていない。

さらに二日が過ぎた。シャイローの人生の中で最もつらいとしか言いようのない二日間だった。レイチェルは幽霊のようにキャンプ内を歩きまわり、苦しんでいる彼女を見るのがシャイローには耐えられなかった。だが、黙って見ているしかない。ぼくには何も口出しする権利はないのだから。レイチェルが助けを必要としているのなら、トムが助けるのが一番だ。

金曜日の朝に最後の患者たちが地元の病院へ移され、いよいよ撤収のときがやってきた。シャイローが帰国便の手配を任せている航空会社に連絡を取ったところ、機器の輸送には問題がないものの、メキシコシティからの座席は一週間近く先の便でないと空きがないということだった。いちばん早いのが三日後にカンクンを発《た》つ便だったので、それに乗ることに決め、ナタリーに連絡して期待どおりの返事をもらった。チーム全員で、彼女の父がカンクンに所有する別荘で世話になることになったのだ。

すぐにでも飛行機に飛び乗ってイギリスへ帰りたい。本音ではそう思いながら、シャイローは電話を切った。みんなはビーチで数日の休暇を楽しめると聞いたら喜ぶだろう。自分とレイチェル以外のみんなは。彼女の苦痛を長引かせるのは忍びないので、対策を講じることにした。アメリカチームが別荘で一緒に過ごすことに同意すれば、レイチェルはトムと過ごすことができ、それなら彼女の苦痛も和らぐだろう。

土曜日の朝一番に、一同はカンクンへ向けて出発した。機器類はすべて梱包《こんぽう》されて、すでに陸路でメキシコシティに向かっている。そちらにはマイクが同行していた。荷物が飛行機に積み込まれるのを確認してから自分もその足で帰国すると、本人から申し出があったのだ。ナタリーの世話になるのは気が進まないのだろう。シャイローはそうにらんだが、何も言わなかった。誰だって、自分の問題は自分のやり方で解決したいものだ。ぼく自身もそうだったように。

一行は二台のトラックにすしづめになって、沿岸へ向けて長い道のりを走った。シャイローが一台を運転し、もう一台はデヴィッドが運転した。シャイローの運転台にはジューンとジョリーン・マーティンが、デヴィッドのほうにはケイティーとアリソンが乗り込んだ。残りの面々も適当に分かれて乗った。シャイローはエンジンをかけながら、レイチェルが自分の側を選んだか確かめずにはいられなかった。だが、彼女もトムも見当たらなかった。デヴィッドのトラックで行くことに決めたのだろう。二人一緒に。

東に向かう長いドライブのあいだも、その思いはシャイローの頭の奥から消えなかった。トラックがわだちを踏んでバウンドするたびに互いにしがみつくレイチェルとトムの姿が脳裏に浮かび、歯を食いしばって悪態をのみ込んだ。正午ごろ、ジョリーンとジューンにトイレ休憩を求められ、シャイローはしぶしぶ応じた。できるだけ早くカンクンに着きたかった。早く着けば、少なくともレイチェルがトムのたくましい腕にしがみつくところを想像するのはやめられる。

ジャングルの端の小さな村でトラックを停《と》めると、ちょっとした騒ぎになった。何が起こったのかと、人々が家から飛び出してきたのだ。シャイローはスペイン語をなんとか絞り出して村長に自己紹介し、どこへ向かっているのか説明した。

村長が一行について何もかも知りたがったので、シャイローはほかのみんなが用を足しに行っているあいだ、村長の家の前に座ってこれまでの活動について説明するはめになった。周囲では大勢の子供が走りまわっており、一人の少年が近づいてくるのに気づくと、シャイローはほほえみかけた。

「こんにちは《オラ》！　元気かい《コモ・エスタス》、坊や《ペケーニョ》？」

少年は恥ずかしそうにほほえみ、小走りでさらに近づいてくると、シャイローから少し離れたところでしゃがみ込んだ。ひどく痩せているのはあたりを走りまわるほかの子供たちと同じだが、肌が不健康に灰色がかっており、黒い目はくぼんで見える。その外見にただならぬものを感じて、シャイローは眉をひそめた。

「この子は病気なんですか？」村長に尋ね、村長の説明に真剣に耳を傾けた。

ミゲルというこの少年は、数週間前に頭に怪我をし、それ以来、水を大量に飲んでは排尿しているのだという。母親は医者に診てもらいたがっているが、いちばん近い町でも連れていくには遠すぎた。ミゲルのほかに四人の子供をかかえた未亡人には、バスに乗る金もなかった。

「ぼくが診ましょう」シャイローはそう申し出て、立ち上がった。「母親を呼んでもらえますか？」

村長は急いで探しに行き、数分後には五人の子供の母親には見えないほど若い女性を連れて戻った。シャイローは、自分がドクターであること、よければミゲルを診察したいことを伝えた。

「ええ《シ》、ええ《シ》！ありがとうございます《ムチャス・グラシアス》」母親は勢い込んで言った。

シャイローは少年の前にしゃがんで、じっくりと観察した。唇が乾燥し、ひび割れている。大量の水を飲んでいるにもかかわらず、脱水症状の兆候が見られた。少年の手を取り、そっと皮膚をつまんでみたとたん、正常な弾力が失われているのがわかった。これも脱水症状のしるしだ。

「何か問題があるの？」

レイチェルの声が聞こえ、シャイローは話しかけられてどんなにうれしいかを悟られないように祈りながら、顔を上げた。ここ数日、レイチェルは彼を避けていたので、耳に心地よい彼女の声が聞きたくてたまらないほどになっていた。シャイローは本心が彼女にばれないように咳払《せきばら》いした。

「そのようだ。数週間前に頭部を怪我して以来、調子が悪いらしい。過剰に水を飲んでは大量に排出しているそうだ。それに、ひどい脱水症状を起こしている兆候が見られる」

「糖尿病かしら？」

「ぼくもその可能性を考えていたんだが、そうなると頭の怪我は関係ないことになる。怪我の直後から症状が現れたのは、ただの偶然なのかもしれない。確かめるのは簡単だ。トラックからぼくのかばんを持ってきてくれないか？　血糖値検査のキットが入っているはずなんだ」

「わかったわ」

彼女は急いで向こうへ行き、シャイローはさらに少年の頭と首、そして目を調べた。レイチェルがかばんを持って戻り、シャイローが頼む前に検査キットを取り出して彼に差し出した。

「ありがとう」

受け取るときに手が触れ合い、とたんに少しもたついた。急に視界がぼやけ、先を続けるには深呼吸しなければならなかった。彼女の手に触れただけでこんなに反応してしまうなら、今していることに集中するには相当の努力が必要だ。

「血を一滴取るために、指に針を刺さなければならない」シャイローは細い針を見せながら母親に言った。「痛くはないから」母親はゆっくりうなずいたものの、不安げな様子だったため、シャイローはほほえみながら言った。「大丈夫だ、心配ない」

「先にこの子の手を消毒するわね」レイチェルが除菌シートをパックから出して、シャイローの隣にひざまずいた。

肩に彼女の肩が触れると、シャイローの心臓は手に負えない暴れ馬みたいに跳ね始めた。さらに何度か深呼吸を試みたが、役に立たなかった。心臓から送り出される血液が全身に熱波を運び、思わずその場で立ち上がりそうになるのを必死でこらえる。レイチェルが隣にひざまずいているのに触れられないのは、まさに拷問だった。

「これでいいわ」

レイチェルがそう言ってこちらを向いたので、シャイローはなんとか自制心をかき集めて少年の指に針を刺し、出てきた血を特殊コーティングされた試験紙にこすりつけた。結果を見て、シャイローは眉をひそめた。糖尿病という最初の見立てが間違っているのは明らかだった。

「血糖値は正常だわ」レイチェルがシャイローの肩越しにのぞき込んで、驚いた声を出した。

「そのようだ。糖尿病の線はないね」シャイローは軽い調子で言った。今は、深刻になろうとしてもなれなかった。〝深刻〟には少年の病状だけでなく、多くのことが含まれる。〝深刻〟という見出しの下にはさまざまな項目が並ぶ――レイチェルに触れるたびに起こる体の反応から始まって、彼女を愛しているという事実に至るまで。もちろん、後者がそのリストのいちばん上に来る。自分の身に起こりえた最も深刻なできごとだからだ。ぼくはレイチェルを愛している。だったら、どうするべきか？　彼女に打ち明けるか？　それとも、自分一人の秘密にしておくか？

決めるのは自分自身だが、土ぼこりの中でひざまずきながら、この決断に影響を受けるのは自分の人生だけではないことを意識していた。レイチェルに打ち明ければ、彼女にも大きな影響を及ぼすことになる。彼女はトムと再会したばかりで、彼に対する気持ちをまだ確認できていないはずだ。もしぼくがここで、どうやらきみを愛してしまったらしいなどと言えば、彼女は心を決めるのがますます難しくなるるだろう。判断を誤るかもしれない。ぼくはそういうリスクを背負う覚悟ができているのか？

考えなくとも、その答えはわかっていた。ぼくはサリーが亡くなったときに充分に苦しんだ。もう二度とあんな思いはしたくない。この先、いつかレイチェルもぼくの前からいなくなってしまうかもしれないと恐れながら生きていくくらいなら、一人でいるほうがましだ。

8

レイチェルは首筋がぞくぞくして、正体不明の何かが起こっていることを感じ取った。どうしたのかとシャイローに訊《き》こうとしたちょうどそのとき、トムが現れた。

「何があった？」トムは二人の横にしゃがみながら言った。

「この子が糖尿病かどうか、シャイローが調べていたの」邪魔が入ったことを喜ぶべきか疎むべきか迷いながら、レイチェルは答えた。シャイローをちらりと見たが、彼は少年を診ることに集中しているようで、レイチェルは眉をひそめた。たった今、彼が何かを気にしているように感じたのは気のせいだったのだろうか？

「検査結果は問題なさそうだが、なんで糖尿病だと思ったんだ？」トムがいぶかしげに尋ねた。

「過度な喉の渇きと多尿の症状が見られたからだ」シャイローはぶっきらぼうに、それもレイチェルが面食らうほど無愛想に答えた。チームのメンバーにここまでそっけない態度を取るのは彼らしくない。彼がなぜトムにだけこんな態度を取るのかレイチェルにはわからなかった。わたしのことで嫉妬しているのなら話は別だが。

「それで？」トムも負けじと、そっけなく言った。「その症状からすると心因性多飲症から腎不全まで、可能性はいくらでもあるが」

「そうだな」シャイローは立ち上がった。「尿崩症の可能性もある。ぼくの診断は、今ではそちらに傾きつつある」

「ぼくには当てずっぽうに聞こえるけどね」トムはあざけるように言った。「お互いよく知っているように、尿崩症は珍しい病気だ。それなのに、なぜそうだと思うんだ？」

診断の正否について話し合う二人の口調は、しだいに冷ややかさを増していった。当然ながら、シャイローは自分の診断を支持し、その根拠となる事実を挙げていった。一方のトムも、同じくらい確信を持ってその説を否定した。二人の議論を聞いているうちに、レイチェルは頭がくらくらしてきた。友好的に話を終わらせるために何かしなければならない。そこへジューンがやってきて、何ごとかと訊いてきたので、レイチェルはほっとした。

「シャイローとトムが、この子の病気について話し合っているところなの」二人ともなんて頑固なんだろうと思いながら、レイチェルは中立的な立場を保とうと心に決めて説明した。

「では、話し合いなのね？」ジューンは二人を順に見ながら言った。「言い争いかと思った。人はいかに勘違いをするかがこれでわかるわね」

シャイローの頬骨あたりが赤く染まるのを見て、レイチェルは笑みを隠した。彼はジューンには返事をせずに、しゃがんでミゲルの母親に話しかけた。

ジューンはあきれたように目をくるりとまわして、レイチェルを脇に引っぱった。

「まるで校庭で揉《も》めている子供ね。原因を訊くのは野暮かしら？」

「どういう意味？」レイチェルはとまどって訊き返した。

「何を言っているの。これがどういうことかは一目瞭然でしょう！」レイチェルが相変わらずぽかんとしていると、ジューンはため息をついた。「あの人たち、あなたをめぐって、相手を出し抜こうとしていたのよ。はっきり言えば、あなたにいいところを見せようとしていたってこと」

「そんなわけがないわ」レイチェルは否定したが、ジューンはほほえんだ。

「あるわよ。それがとても心配。シャイローがあんなふうにトムと張り合うとしたら、理由はただ一つ。あなたのことが好きだからよ。あなたもそのことを考えたほうがいいと思う」

「わたしも彼のことが好きよ。だけど、あなたは間違っているわ、ジューン。彼は、あなたが言っているような意味でわたしを好いてはいない。わたしたちのあいだに未来はないことをはっきり伝えられたの。だから心配いらないわ」

「そうなの？　今見たかぎりでは、彼はそれを忘れているわね。興味がないにしては、おかしなそぶりを見せているもの。それだけは確かよ」

ジューンはそう言い残して、ほかの仲間たちのところへ戻っていった。レイチェルは唇を噛《か》みしめながら彼女を見送った。ジューンの言うとおりなのだろうか？　シャイローは、わたしを拒絶しなければよかったと思っている？　直接尋ねる以外にその答えを知るすべはないが、尋ねてまた拒絶されることを考えるだけで恐ろしかった。

「スミスはいつもあんなふうに攻撃的なのか？　常に自分が正しくて、まわりは間違っていると思っているみたいだ！」

憮然《ぶぜん》とした様子でトムが近づいてきて、レイチェルは振り向いた。「むしろ、わたしが何か提案したときは快く聞いてくれるけど」

「驚くことじゃないけどね」トムは冷ややかに言った。「彼はきみに気があるんだよ、レイチェル。今ぼくに強く当たったのもそのせいだ。きみとぼくのあいだに何かあるのが気に入らないんだ」

レイチェルはまずなんと言うべきか迷った。シャイローがわたしに気があるという部分を否定すべきか、それとも、トムとわたしのあいだにまだ何かあると決めつけるのは早合点だとたしなめるべきか。

決めかねているうちにシャイローが近づいてきた。

「ますます尿崩症なんじゃないかという気がしてきたよ」トムを完全に無視してレイチェルに言う。

「母親の話だと、二、三週間前に岩から落ちて頭を怪我《けが》したらしい」

「それが尿崩症を引き起こしたというの？」仕事に集中することでこの場の緊張を和らげられないかと、レイチェルは尋ねた。だがトムが離れていったところを見ると、うまくいかなかったようだ。

「ああ、ありうることだ。尿崩症は糖尿病とはまったく別物だ。糖の吸収障害が原因ではなく、膵臓《すいぞう》のインスリン分泌とはなんの関係もない」シャイローはトムが急に離れていったことなど意にも介さぬ様子で説明した。

「聞いたことはあるけど、詳しくは知らないわ」レイチェルはほかのことに気を取られまいと心に決めて言った。トムとシャイローのあいだのいざこざは本人たちが解決すればいい。

「きわめて珍しい疾患だということだけは、トムもぼくも意見が一致する。尿崩症は普通、脳下垂体が充分なバソプレシンを分泌できないことが原因で起こる。バソプレシンは、腎臓が排出する水分量を調節するホルモンだ。脳下垂体のまわりに腫瘍ができて尿崩症が起こることもあるが、その場合はほかにも視覚障害や頭痛といった症状が出ることが多い。あるいは、頭部の外傷や病気によって脳下垂体がなんらかのダメージを受けたことで症状が現れることもある。ミゲルの場合はそちらなんじゃないかと思う」

「なるほど。岩から落ちたときに脳下垂体を傷めたと考えられるわけね。それならつじつまが合うわ。でも、治療方法は?」レイチェルは眉をひそめながら少年を見た。「薬で治るの? たしか、この病気の患者にはスプレー式点鼻薬が使われるって、何かで読んだことがあるわ」

「そのとおりだ。スプレー状のデスモプレシンが使用される。ただ、この薬は非常に高額なんだ」シャイローは顔をしかめた。「この子の家族に薬代が払えるかどうか」

「でも、何かできることはあるはずよ」レイチェルは訴えた。

「言うまでもないことだが、まずは本当に尿崩症なのかどうか確かめる検査をする必要がある。地域のクリニックで尿検査をしてもらう段取りをつけて、ミゲルの母親にドクター宛ての手紙とバス代を渡す。必要になる薬については寄付を募ってみよう。ナタリーの家族が、こういう境遇の人々を助ける慈善信託を立ち上げている。カンクンに着きしだい、受託者に連絡を取ってみるよ」シャイローはため息をついた。「しかし一番の難題は、定期的に投薬できるようにすることだ」

「あなたならきっと何かいい方法を考えてくれるわよね？」レイチェルは懇願した。少年の病状が悪化することは考えたくない。

「できるだけのことはするよ」シャイローは笑った。

「ぼくとしては、あの気の毒な子供だけじゃなくて、きみをがっかりさせることにも耐えられそうにないからね！」

「ありがとう」レイチェルは静かに言った。言葉にするよりも、表情のほうがはるかに雄弁にこの気持ちを語ってくれているはずだ。シャイローが見るからに殻に閉じこもっているのがつらかった。彼が自分とのあいだに距離を置こうとしているのがわかって傷ついていた。距離を置く必要なんてないと彼に言いたくてたまらないが、まだトムに対する自分の気持ちがはっきりしていないのに、そんなことを言えるはずがない。

結局そのまま何も言わず、少年の母親にやるべきことを説明するシャイローを残してトラックに戻った。だが、こんな気持ちのままで彼ともうしばらく一緒に過ごすのは容易ではないだろう。今まで自分の気持ちがわからなかったことなどなかったぶん、こういうあやふやな気持ちをどうにかすることはよけいに難しい。シャイローが自分にとって大きな存在であることはわかっているが、一方で、トムのキスで彼との過去がよみがえったという事実を無視することもできなかった。だが、心の奥ではわかっていた。シャイローがあれほどよそよそしくなければ、ことはもっと明快だっただろう。でも、もし彼がわたしを求めていなかったら……。

別荘はまるで映画のセットから抜け出してきたかのようで、数時間後にその中庭でトラックが停《と》まったとき、驚きに息をのんだのはレイチェルだけではなかった。レイチェルはトラックから降り、腕の筋肉が痛むのも忘れて、周囲を見まわした。

「すごいわ!」ケイティーが言った。「花に噴水、それに……何もかもが!」

「これが夢なら、どうか醒《さ》めないでくれ」ダニエルがそう言いながら輪に加わり、ピンクに塗られた広大な別荘を見つめて、ため息をついた。「こんな世界があるとはな」

「すてきよね」レイチェルも言った。「見てよ、あの景色。ビーチは目の前よ。ベッドから出てすぐに海に入れるわ!」

「それはそそられるな」トムが言った。「毎朝、目覚めたらあそこへ涼みに行きたいね。そう思わないかい?」

「ええと……そうね」レイチェルはあいまいに答えたが、ダニエルとケイティーが意味ありげに視線を交わすのが目に入って、唇を噛んだ。あの二人もトムが言外に含んだ意味を察したに違いない。わたしは一緒の部屋を使う気はないとトムにはっきり伝えなくては。ダニエルとケイティーが庭へ散策しに行ってしまうのを待ってから、レイチェルはトムに向き直った。

「トム、あなたがどう思っているのか知らないけど、あなたとわたしがここで一つの部屋に泊まることはないわよ」

「ごめん。はしゃぎすぎたな」トムはため息をついた。「たぶん、きみと過ごす予定にしていた休暇のことを考えていたせいだろうけど、いやな思いをさせるつもりはなかった。ほかのみんなに説明したほうがいいかな?」

「そこまでしなくてもいいわ」騒ぎになるのがいやで、レイチェルはあわてて言った。われを忘れてはしゃぎすぎてしまうところがいかにもトムらしいと思うと、笑みがこぼれた。トムはいつだって衝動的で、レイチェルが最初に惹《ひ》かれたのも彼のそんなところだった。自身は石橋をたたいて渡るタイプなので、対照的なトムのおおらかさに魅力を感じた。もっとも、最近の自分はそうでもなくなっているようだが。シャイローと寝たときには、立ち止まって考えたりしなかったではないか。

そのことを思うと顔が赤くなり、トムにどうしたのかと訊かれる前に背を向けた。ショルダーバッグを持って建物の中に入り、ほかの人々の声がするほうに向かった。そこには寝室が並んでいた。平屋建てなので、どの寝室にも庭へ出られるガラス戸がついている。レイチェルは、ジューンとアリソンが使うことにした部屋の外で立ち止まった。

「ここで満足できそう?」ぴかぴか光る大理石の床や、はちみつ色の壁紙に同じ色合いのシルクのカーテンを見ながら、二人をからかった。

「厳しそうだけど、なんとか頑張るわ」ジューンが冗談めかして言った。

レイチェルは笑い、荷物を広げ始めた二人を残して、そこから離れた。さらに廊下を進んでいくと、まだ誰にも使われていなさそうな部屋に着いた。ここはコーヒー色とクリーム色の内装で、先ほどと同じく床は大理石、窓にはシルクのカーテンがかかっている。あわただしい二週間を終えた身には贅沢《ぜいたく》な避難所のように思われ、レイチェルはその贅沢さに存分に浸った。

「おっと、ごめん！　誰もいないと思った」

ノックなしに飛び込んできたシャイローを振り返り、レイチェルはほほえんだ。「もう遅いわ。わたしが使うことに決めたから！」

「まったく！　きみたち女性ときたら、いいものをさっさと取ってしまうんだからな」シャイローはそうぼやきながら笑みを返した。その笑顔を見たとたん、レイチェルの膝から力が抜けた。どうやらシャイローは、よそよそしい冷ややかな態度を取ることにしていたのを忘れたらしい。温かさを宿した彼のまなざしが強い影響力を持っていることはまぎれもない事実だった。

「働きづめの気の毒な看護師が二日間だけ贅沢な思いをしたからって、うらやむことはないでしょう」彼に本心を悟られて敬遠されないよう、できるだけ哀れっぽい声で言った。

「なんだって?」シャイローは聞こえないふりをして耳に手をかざした。「きっと今のはバイオリンの音だったんだな」

「ひどい人!」レイチェルはソファーからコーヒー色のクッションを一つ取って、彼に投げつけるそぶりを見せた。

「平和に行こう!」シャイローは部屋の隅へ逃げながら言った。

「わたしがとっても優しい人間でよかったわね。そうでなかったら、いやみの仕返しをされていたわよ、スミス!」レイチェルは彼をにらむふりをしながら、クッションをもとの位置に戻した。

「ああ、きみの優しさには心から感謝するよ、シスター・ハート」茶目っけがあってセクシーな彼の笑みに、レイチェルの鼓動は乱れた。ここ数日は彼とこんなふざけたやりとりをすることもなく、とても寂しく思っていた。その思いが顔に出たのか、シャイローが不意に真顔になった。「きみを困らせるつもりはなかったんだ、レイチェル」

「わかっているわ」レイチェルはほほえもうとしたものの口角は下がったままで、シャイローがため息をついた。

「きみは優しすぎる。それが問題だ。ほかの女性だったら、地獄に落ちろと言って終わりにしていただろうに」

「わたしにはそんなことはできないわ、シャイロー。

だって、あなたには地獄にもどこにも行ってほしくないもの」

「そうなのか？」胸の奥から響いてくるようなその低い声を聞いて、レイチェルは両手にこぶしを握りしめた。シャイローが感情を抑えようと苦労しているのがわかる。ジューンの言ったとおりなのだろうか？　シャイローは、自分の人生からわたしを締め出すと決めたことを後悔し、考え直そうとしているのだろうか？　トムに対するわたしの気持ちにはまだはっきりしないところがあるものの、シャイローに対する気持ちに疑問の余地はない。わたしにとってシャイローは大切な存在であり、彼がわたしの人生から永遠に去っていくのは耐えられない。

「ええ、わたしは――」

「ここにいたのか！　あちこち探したんだ」

どこからともなくトムが現れた。彼がスーツケースを手にしているのを見て、シャイローが身をこわばらせるのがわかった。わたしとトムが一緒にこの部屋を使うのだと彼に思われたに違いない。レイチェルは瞬時にそう察し、とにかく誤解を解かなくてはと思ったが、焦るあまり、喉がつまって声が出なくなった。シャイローがそっけなく挨拶の言葉を残して出ていくのを、なすすべもなく黙って見送ることしかできなかった。

「ごめん、タイミングが悪かったかな？」トムが眉をひそめて訊いた。

「いいの」皮肉なことに、今度は難なく声が出た。バッグを取ってベッドの上に置き、出ていったときのシャイローの表情は考えないようにしながらジッパーを開けた。わたしとのあいだに距離を置くことが彼の中でもう決まっているのであれば、彼はこれからどうするつもりなのだろうなどと考えても意味がない。

「荷ほどきが終わったら泳がないかと言いに来ただ

けなんだ」トムが言った。「みんなでビーチに行くことにしたから、きみも誘おうと思って」

「いいわね」そう答えるのがトムを追い払う一番の早道だと思い、レイチェルは誘いに応じた。

「よかった！　ぼくは廊下のすぐ先の――左側の三つ目の部屋にいるから、用意ができたらノックしてくれ」トムはそう言うと、満面に笑みを浮かべて部屋から出ていった。

彼が行ってしまうと、レイチェルは荷ほどきを始めた。ほとんどの服は洗濯が必要だったので、水着だけ探し出すと、残りは床に置いてバスルームに入り、シャワーを浴びた。たっぷりの熱い湯が汚れと一緒に悲しみも洗い流してくれるのを期待して、シャワーの下に立った。だが、それはむなしい望みであると認めたとき、頬を濡《ぬ》らしているのが自分の涙であることを初めて悟った。去り際のシャイローの顔を見たときの悲しみを癒してくれるものは何もない。彼はわたしを好いてくれてはいるのだろうけれど、その気持ちは過去のトラウマを乗り越えるほどには強くないのだ。彼を責めることはできない。わたしを愛していないのなら、自身をまた危険にさらすようなことをしたいと思うわけがないだろう。

シャワーの湯を止め、しばらくそこに立ったまま、その考えをしっかり噛みしめた。真実と向き合うのはつらかったが、二人のどちらにもこれ以上ストレスがかかるようなことはしたくなかった。シャイローはわたしを愛していないし、これからも愛してくれることはないだろう。わたしはそれを受け入れて前に進まなければならない。トムは復縁を強く望んでいるようだが、わたしはどう思っているのだろう？　本当に彼とやり直すことを考えられる？　どうしても想像することができなくて、レイチェルはため息をついた。一方で、もしシャイローに求められたら自分がどうするかははっきりしている。すぐにでも彼のもとへ行くだろう。でもこの先ずっと、シャイローの気が変わることを祈りながら生きていくわけにはいかない。

シャイローは部屋に入ると、かばんをソファーの上に置いた。窓の前まで行き、錠をはずして大きく開けた。普通の呼吸ができる気がしないので、しばらくそこに立ったまま、調子が戻るまで肺いっぱいに深く息を吸い続けた。

振り向いて豪奢《ごうしゃ》な室内を見まわしながら、これほどまでにみじめな気持ちになることはそうそうないだろうと思った。レイチェルはこれから数日をトムと過ごすつもりなのだと思うと耐えがたかったが、自分にはどうすることもできない。レイチェルとぼくのあいだに未来はないと彼女に言ってしまったのに、いまさら気が変わったなどと言えるはずがない。

彼女を好きになったおかげで、自分もそろそろ前に進むべきだとようやく気づいたなんて、口が裂けても言えはしない。

言えば、トムに嫉妬しているだけだと彼女に思われるだろう。たしかに、嫉妬はしている。それも激しく！　だが、言うことをころころ変えて彼女の人生を二転三転させるのは間違っている。自分の決めたことは守らなければならないし、本気でそうするつもりであることをレイチェルにも示さなければならない。気持ちが揺れていては彼女に悪いから、死ぬほどつらくても――つらいに決まっているが、トムとうまくいってよかったと伝えるのだ。レイチェルが幸せになるためなら、自分は苦しみに耐えよう。前にもやったことだから、もう一度やれないことはないはずだ。

この日の夕食には、別荘を管理しているメキシコ人夫婦がバーベキューを用意してくれることになっていた。女性陣は全員おしゃれをすることに決めており、彼女たちがビーチから帰ってきたあとは洗濯機と乾燥機が休むことなく動き続けた。ようやくアイロン台を使う順番がめぐってきて、レイチェルは洗いたてのジーンズとマリアの母親からプレゼントされたブラウスにアイロンをかけた。

そして服を持って部屋に戻り、身支度を整えた。保湿クリームと口紅以外の化粧品も持参しておけばよかったと思いながら。できるだけきれいに装っていれば、もっと気持ちが盛り上がっただろうに。

シャイローはミゲルの治療の手はずを整えるために町へ出かけていたため、レイチェルはビーチから帰ったあとは彼に会っていなかった。自分がするべきことは決めてあったが、それでも、みんながいるテラスに向かいながら、ナーバスになっているのを自覚した。シャイローと離れているときは自分たちの状況を理性的に考えられるのに、一緒にいるとそれがひどく難しくなる。レイチェルにできるのは、すべてがおさまるまで目立たないようにすることだけだった。

「まあ！　すてきだわ、レイチェル。そのブラウス、すごく似合っているわよ！」

テラスへ出たとたんにケイティーの悪気のない言葉で注目を浴びてしまい、レイチェルはうめいた。なんとかほほえんだが、そっとしておいてほしかった。シャイローは端のほうに立っていて、レイチェルは彼の視線をいやというほど感じながら、みんなのそばへ行った。

「どうもありがとう。昔ながらの石鹸《せっけん》と水ほど、女性のよさを引き出してくれるものはないわね」

「どうかな。ちょっと汚れているくらいが魅力的な人もいるからね」ブライアンが思いをめぐらすように言った。

アリソンが笑った。「その人にオーストラリアなまりがあったらなおさらね！」

アリソンの皮肉にみんなが笑い、レイチェルは話題がほかへ移ったことにほっとして、ため息をついた。飲み物は何がいいかトムが訊きに来てくれたときには、ごく自然に返事をすることができた。「ワインがいいわ」

「赤？　白？」

「そうね、赤にしようかしら」

「すぐにお持ちいたします！」

彼はワインを取りに行き、レイチェルはソファーに腰をおろした。飲み物を持ってきてもらえるとは、なんて贅沢なことだろう。普段は人の世話をするばかりだが、たまには世話をされるのもいいものだ。

「信託の人にミゲルのことを話してきた。支援を検討してもらえることになったよ」

シャイローが隣に座ると、レイチェルは胸がどきどきするのを覚えた。「それは期待できそうね」落ち着いているように聞こえますようにと祈りながら答えた。「結果はいつわかるの？」

「来週だ。もちろん、その前になんの病気か突き止めないといけないが」

「そうね」

「突き止めたら、地域のクリニックに必要な薬の在庫を確保してもらうように手配する」シャイローは続けた。「それについては問題ないと思う。担当のドクターと話したら、喜んで協力すると言ってくれたからね。信託から補助が出るだろうと話したから、なおさらだ」

「補助が出れば、それはうれしいでしょうね」この会話はどこに向かっているのだろう？　彼はただ、ミゲルに関する最新情報を伝えたいだけなのか、それとも、ほかに何かあるのだろうか？

「そうだろうな。クリニックの資金は限られているようだから、臨時収入があればありがたいだろう」

トムがワインを持って戻ってきて、シャイローは顔を上げた。その顔にためらいがよぎったかと思うと、彼は立ち上がった。「仕事の話はもうやめよう。ここへはそんなことのためじゃなく、楽しむために来ているんだ。楽しんでくれ、お二人さん。きみたちはそれだけの働きをしたからね」

「おいおい、ぼくの耳がどうかしたのかな？　それとも、偉大なるシャイロー・スミスが和解を申し出ているのか？」トムは皮肉たっぷりに言いながら、レイチェルにグラスを渡した。

「そうみたいね」

レイチェルはワインを一口飲んでから、手が震えていることに気づいてグラスを置いた。トムが何か話しかけ、レイチェルはそれに答えた。ジューンが来て、洗濯機の中で下着がちぎれたという話を延々としたときには笑いさえした。まるで、次元の違う二つのことを同時にこなす能力が突然身についたかのようだった。心は傷ついているのに、普通の会話を続けることができた。

レイチェルは断りを入れて席を立ち、テラスの端まで歩いていった。そこから見える真っ暗で広大な海を見つめながら、ついさっき起こったことを思い返してみた。トムはシャイローがこれまでの不愛想を償おうとしたと思い込んでいるようだが、わたしはそんなふうに考えるほどおめでたくない。トムとのことをシャイローに祝福されて、わたしがどんな気持ちになったかは、とうてい口で言い表せるものではない。彼にそうされることほどいやなことはないからだ！

目に涙がにじんできたが、まばたきをして払った。みんなの前では泣くまい。注目の的になりたくないし、シャイローとのあいだにあったことをなかったかのようにされて、どれほど傷ついたかを彼に知られるのもいやだった。シャイローは自分が正しいことをしたと信じているのかもしれない。わたしもいつか、これでよかったのだと思えるようになるのかもしれない。だが今は、彼の拒絶に傷つかない日が来るなんて想像できなかった。シャイローは故意に、わたしを別の男性の腕に押しつけようとした。そんなことができるのはわたしを愛していない証拠だ。そうでなければ、なんだというの？

9

バーベキューのあとには、家政婦のコンスエロとその夫ラモンの企画でメキシカンダンスが披露された。二人は、舞踏団のメンバーとしてあちこちのホテルで観光客を前に踊ることで副収入を得ているのだという。レイチェルはダンスを見て笑みを浮かべながら、みんなと一緒に手拍子を打ったが、実のところは上の空だった。コンスエロがみんなの前で一緒に踊る人を募るとレイチェルは尻込みし、さらに促されると首を振った。

「やめておくわ、本当に」そう断っても、ほかの看護師たちはレイチェルが他人ごとみたいに座っているのを許さず、結局レイチェルも加わらないわけにはいかなくなった。

コンスエロはステップのお手本を見せてから、メキシコ人女性たちが身に着けている細いショールをみんなに配った。そして、肩にかけて手首に結ぶやり方を教えた。レイチェルは楽しんでいるふりをしようと努めたが、心が痛みでほとんど無感覚になっているときにそうするのは至難の業だった。ラモンが音楽をかけると、レイチェルはほかの女性たちにならって、その脈打つようなビートに精いっぱいついていった。舞踏団のダンサーたちが不意に向きを変えて、観客席の男性たちの何人かの首にショールをかけると、場はおおいに盛り上がった。看護師たちも負けじとパートナーをつかまえ、最後にレイチェルとシャイローだけが残った。

「ほら、レイチェル」ジューンが促した。「彼を逃がしちゃだめよ！」

レイチェルは胸をどきどきさせながら前に進み出て、シャイローの首にショールをかけた。「ごめんなさい」彼にだけ聞こえる声でささやいた。

「いいんだ」シャイローは立ち上がり、硬い笑みを見せた。「場をしらけさせたくはないからね」

腰に彼の手が置かれ、レイチェルは心臓が飛び出しそうになった。みんなに見られているということだけが、彼の手から逃げるのを思いとどまらせた。レイチェルの手はシャイローの胸に、シャイローの手はレイチェルの腰に置いたまま、二人はフロアを移動しながら踊った。彼とこうしているのはなんとも居心地がよかったが、それでもダンスを続けるのは苦痛でしかなかった。音楽が止まって、周囲の人々が笑ったり、誰がうまかったと茶化し合ったりしながら席へ戻り始めると、レイチェルはほっとした。

もうこれ以上は耐えられない。トムがやってきたので、レイチェルは笑顔を作って言った。「疲れたから、もう部屋に戻ろうと思うの」

「ぼくもだ。年なんだろうな、最近は体力がもたなくて」トムは明るく言った。レイチェルの腰に親しげに腕をまわし、みんなに向かって言った。「ぼくたちはもう寝るよ。また明日！」

こっそり出ていこうとしていたのに注目を浴びてしまい、レイチェルは赤面した。シャイローがこちらを見ていることに気づき、顔をそむけた。彼が何を考えているかを気にしてもしかたがない。彼はわたしを求めていないことをはっきり示した。わたしは自分がしたいことをすればいい。そう思うと、真っ赤に熱せられたナイフで心臓を貫かれるような気がした。

「どうした、レイチェル？」トムはレイチェルの部屋の前で足を止めると、心配そうに彼女を見つめた。「きみが動揺しているのは見ればわかるが、理由がわからない」

「わたしなら大丈夫」レイチェルは言いかけたが、トムにさえぎられた。

「いや、大丈夫じゃない。今夜はずっとぴりぴりしていた。どうしたのか言ってくれ。ぼくのせいか？もしそうなら、本当のことを言ってほしい」

「あなたのせいではないわ、トム。ただ……混乱しているだけ！」不意に涙が流れ落ち、トムがため息をついた。

「何か心配ごとがあるのはわかっていた。それは感じていたよ」そのとき、廊下を歩いてくる足音が聞こえ、トムはそちらを見やった。「ほかのみんなもお開きにするみたいだな。きみの部屋に入って話さないか？　ここではなんだし」

「いいわ、あなたがそうしたいなら」レイチェルは先に部屋へ入って、ベッドに座り、ぼんやりと考えた。わたしはどうしたらいいの？　わたしとはもういっさいかかわりたくないとシャイローに思われているなんて、つらすぎる。隣に座ったトムに手を取られて、レイチェルは顔を上げた。

「きみとは今も友達だと思いたいんだよ、レイチェル。たとえ友達にしかなれないとしても。もちろん、きみともう一度やり直せるものならそうしたいとは思っているよ。だけどきみにその気がないなら、ぼくは受け入れるしかない」

「ああ、トム、そんなに簡単なことだったらいいのにと思うわ！」

「まだぼくへの気持ちが残っているのだとしたら、簡単なはずだ」トムはレイチェルを自分のほうに向かせ、目をのぞき込んだ。「きみはかつてぼくを愛してくれていたね、レイチェル。それでも今はもう何も感じない？」

「今は自分の気持ちがわからないの」レイチェルは弱々しく答えた。本心からの言葉だった。

「それならこれが助けになるかも」トムはそうささやくと、顔を近づけてキスをしようとした。だが、唇が触れ合った瞬間、レイチェルは自分が求めているものはこれではないと悟った。

「やめて！」彼を押しのけて立ち上がった。今、すべてがはっきりした。わたしはトムのこともほかの誰のことも欲しいと思わない。わたしが欲しいのはシャイローだけ！　愛しているのはシャイローであり、キスをしてほしいのはシャイローだけなのだ。トムに期待を持たせるのは間違っている。

「それがきみの答えなんだな」立ち上がったトムの顔は悲しげで、レイチェルは申し訳なさでいっぱいになった。

「本当にごめんなさい、トム」

「きみが悪いんじゃない」トムはほほえんでみせた。彼の優しさに、レイチェルはよけいに居心地が悪くなった。彼に腕をまわして抱きしめた。

「トム、あなたのことを心から愛していたわ。本当よ」

「わかっている。ぼくも同じくらい愛していたよ、レイチェル。でも、昔の魔法をよみがえらせることができると思ったのは間違いだったんだろう。あれから、きみだけじゃなく、ぼくにもいろいろなことがあったんだ」

「どういうこと？」

「アメリカに移ってから出会いがあった。しばらくつきあったけど、結局うまくいかなくてね。先月別れたところで、この派遣に志願したのもそれが理由なんだ」トムはため息をついた。「どこかへ行って自分の人生を見つめ直したら、この先どうしたいのか心が決まるかもしれないと思って」

「ところが、わたしと再会した。それでわたしとやり直せば自分の問題解決になると思ったのね」レイチェルはゆっくり言った。

「そんなところだ」トムは自嘲気味に笑った。「いや、まさにそのとおりだよ。許してくれるかい？」

「許さなければならないようなことなんてないわ」

心からの言葉だった。

「よかった」トムはレイチェルの頬にキスをした。

「感謝するよ、レイチェル。わかってくれたことだけでなく、過去に幸せな時間をくれたことにも。きみはぼくの人生のとても大事な一部だった。きみと過ごした時間にはいい思い出がたくさんあるよ」

「わたしも同じよ」

トムが出ていくと、レイチェルはベッドに座って考えた。このタイミングでトムと再会するなんて、なんという運命のいたずらだろう。トムも人生の転換期にいたわけで、自分の気持ちがよくわからなくなったのは理解できる。それにある意味、わたしにとっては幸いだったと言える。おかげで自分の気持ちがはっきりしたのだから。トムのことはこれからも好きではあるだろうが、愛してはいない。シャイローを愛しているのに、トムを愛することなどできるわけがない。

火曜日の早朝、一行はヒースロー空港に帰り着いた。シャイローはほかのみんなから離れた座席を確保し、フライト中は寝たふりをして過ごした。別荘で過ごした三日間は、まるで悪夢を見ているかのようだった。大半の時間は部屋で過ごしたものの、周囲のあれこれから完全に自分を切り離すことはできなかった。レイチェルとトムが一緒にいるところを見るのは地獄の苦しみだった。二人のリラックスした楽しそうな姿を見ていると、レイチェルはぼくのことを好いてくれているなどと勝手な想像をしていた自分がばからしくなった。アメリカチームは一足先にカンクンを発《た》ったが、それで気分はましになるどころか、一人ふさぎこんだ様子でいるレイチェルを見るのがまたつらかった。正直なところ、一連のこのみじめなできごとをさっさと終わりにしたくてたまらなかった。

ジューンが目に涙を浮かべながら、とぼとぼと別れを告げにやってきた。「こういうことをするには年を取りすぎたわ。今度またあなたからお呼びがかかったら、冗談はやめてって言わなきゃね！」

「存分に楽しんでいたじゃないか」シャイローは努めて明るく言い返した。彼に続いて税関を通過していたレイチェルは、今はほかのメンバーと別れの挨拶をしている。ぼくにも声をかけてくるだろうか？それとも、無言で去っていくのか？

そんな別れ方をするのは耐えられない。問題を増やすだけだとわかっていても、最後にもう一度、レイチェルと話さずにはいられなかった。ジューンにキスをし、そのあとスティーヴン、リアムと握手をした。彼らは一緒にタクシーに乗らないかと誘ってくれたが、空港を出る前に機器の点検をしなければならないからと言って断った。それは嘘《うそ》で、本当は荷物が無事イギリスに着いたとの連絡がすでにマイクから入っていた。

全員がハグをし終えるまで待ってから、レイチェルの腕を軽くたたいた。「きみがしてくれたことすべてに礼が言いたかった。レイチェル、今回の活動全般の成功にきみの力が必要不可欠だった。本当に感謝しているよ」

「わたしは自分の仕事をしただけよ」レイチェルは軽い口調で答えて手を差し出した。「連れていってくれてありがとう、シャイロー。得るものがたくさんあったわ」

「うれしいよ」シャイローは笑顔を作った。次の質問はできればせずにすませたかったが、訊《き》かずにはいられないのが自分でもわかっていた。「トムとは連絡を取り続けるんだよね？」

「ええ、もちろん。それは間違いないわ」彼女がそう断言したところでケイティーが走ってきて、タクシーの順番が来たと告げた。

シャイローは脇に寄って、急ぐ二人に道を空けた。最後に見たレイチェルは後ろ姿だった。シャイローは大きく息を吸いながら、ぼんやりと考えた。こんなことがあったあとで、どうやってもとの生活に戻ればいいのか？　過去に一度やったことがあるとはいえ、そのときよりもさらに難しいものになりそうな気がする。今回は、レイチェルとトムがつきあっているという思いに耐えなければならない。その苦しみがどれほどのものかは筆舌に尽くしがたい。ぼくにできるのは、なんとか乗り越えられるように祈ることくらいだが、それすら簡単ではなさそうだ。こんなにもつらい別れは今まで経験したことがない。

レイチェルは翌日から仕事に戻った。ダルヴァーストン総合病院の小児科は常に忙しく、レイチェルが留守にしていたあいだも何も変わっていなかった。時間が飛ぶように過ぎていくなか、レイチェルは慣れた日常に戻っていった。スタッフの二人がインフルエンザで休むと、そのぶんを補填《ほてん》するために本来のシフト外にも働いたが、いやではなかった。少なくとも働いているあいだはメキシコでのできごとを忘れられるので、逆にありがたかった。

いちばん厄介なのは、仕事を終えて家に帰ったときだった。シャイローとのあいだに起こったあらゆることを何度も思い返して夜を過ごした。ベッドに入ってもいっこうに休めず、彼の夢を見ては涙で頬を濡《ぬ》らしながら目覚めるのだった。レイチェルにできるのは、時間とともにつらさが薄れるのを祈ることだけだった。

六月が過ぎ、七月と八月には大勢の観光客が町に押し寄せた。ダルヴァーストンは美しい田園地帯に囲まれており、ここを観光の拠点にする人が多い。病院へ来る患者の数は大幅に増え、それをさばくためにスタッフは限界まで働いた。レイチェルは丸一週間のあいだ十二時間シフトで働き、その週が終わるころには疲れ果てていた。休みの日に町へ出てビタミン剤を買い、これで元気が出るかとのんでみたものの、やはり翌朝もベッドから体を引きずり出すのに苦労した。

一日くらいはさほど忙しくない日もあるのではと期待して仕事に出かけたが、今日も例によって夜勤スタッフからの引き継ぎを終えた瞬間から目のまわるような忙しさだった。一時間のうちに新規の患者三人が入院してきた。そのうちの一人で五歳の女の子クロエ・ジョンソンは、近所の公園でブランコから落ちたらしく、脳震盪《のうしんとう》を起こしている可能性があった。

レイチェルはクロエを寝かせ、カルテを書き始めた。そのとき、クロエが大量に吐いた。その場にいたのは朝担当の新人准看護師のキャロラインだけだったので、レイチェルは彼女に頼む代わりに自分でシーツをはがしてから、クロエをふくための水を取りに行き、棚にタオルが残っていないのを見て、ため息をついた。夜間は派遣看護師が病棟の業務を受け持っているのだが、タオルの補充をしなかったらしく、つまりはレイチェルが補充しなければならないということだ。

リネン類の収納部屋まで行き、照明をつけた。タオルは棚の上二段に積み上げられており、レイチェルはスツールを引っぱってきて上にのったが、そのとき急に部屋がまわり始めた気がして棚につかまった。スツールからおりて座り、めまいがおさまるのを待った。ドア口から顔をのぞかせたキャロラインが驚いた様子で言った。

「大丈夫ですか、レイチェル？　顔色がすごく悪いけど」

「ちょっとめまいがしただけ」新人の心配そうな顔を見て、無理にほほえんだ。「すぐによくなるから心配しないで。あなたを一人にはしないから。わたしに何か用だったの？」

「そうそう、あなたあてに電話がかかってきたんです。すみません、相手の女性の名前がよく聞き取れなくて」

レイチェルはため息を押し殺した。キャロラインはやる気は充分にあるのだが、伝言を受けるのが絶望的に苦手だ。「電話をかけてきた人にはもう一度名前を言ってもらって確認するようにと、このあいだ注意したでしょう？　とても大事なことだから、これからは忘れないようにしてね」

「お名前をもう一度って言いました。でも、回線が悪くて」キャロラインはむっとした様子で言った。「二回目もよく聞こえなかったんです！」

「わかったわ」欲しい情報を得られるまで何度でも

聞き返すべきだったと指摘する元気はなかった。そのまま立ち上がり、タオルを指さした。「タオルを何枚か取ってくれる？　五番ベッドに今日入ったクロエ・ジョンソンが嘔吐《おうと》してしまったから、ふいてあげて、ベッドも整え直さないとならないの」

あとをキャロラインに任せ、事務室に行って電話の応対をした。相手は管理部門で、四半期の報告書がまだ出ていないという督促の電話だった。報告書を書いている時間がなかったのだとわざわざ説明するのも面倒で、レイチェルはできるだけ早く提出すると約束してから、キャロラインの仕事ぶりを見に戻った。彼女はクロエをふき終えたところだったので、レイチェルはベッドメイクを手伝い、クロエの両親と話して、脳震盪を起こした患者が嘔吐するのは珍しいことではないと説明した。

両親はそれを聞いてだいぶ安心したようだったので、レイチェルは二人を娘のそばに残して事務室へ戻った。時間があるうちに報告書の作成に取りかかりたかった。最初の月のデータはメキシコ行きの前にまとめてあったので、あとは残りの二カ月分の数字を出せば……。

レイチェルの手が止まった。大変なことに思い当たり、心臓が激しく打つ。メキシコから帰ってきて二カ月以上がたっているが、そのあいだ一度も生理が来ていなかった。これまでは規則正しく来ていたのに。まさか妊娠ってことはありうる？

パニックが波となって押し寄せ、レイチェルは目を閉じた。もちろん、その可能性はある！　トムと別れてからのこの数年は、ピルをのんでいない。つきあっている相手もいないのに避妊する必要などなかったからだ。しかもあの夜、シャイローは避妊具を使わなかった。二人とも激情に駆られていて、そのあとのことは考えなかった。どうしよう？　もし妊娠していたら、どうすればいいのだろう？　常々、子供を持つとしたら、愛に満ちた確かな関係の中でのことだと考えてきたが、今、そんなことは絶対に起こりえない。

真実から逃げ隠れすることはできない。そう思って目を開けた。シャイローがわたしを求めていない以上は、おなかの子のことは――本当に子供がいるとしたらの話だが、わたしの問題であり、彼に助けを求めることはできない。

またたく間に数週間が過ぎた。シャイローは時がたつのも忘れるほど、休みなく仕事と資金集めに没頭した。ロンドンでも名高い大学附属病院の外科部長という立場には多くの仕事が求められるうえ、食事会や講演にもひっきりなしにお呼びがかかった。ワールド・トゥギャザーの資金集めは以前からシャイローにとって大事な仕事だったが、今では身も心もそれに捧《ささ》げている。忙しくしていれば、レイチェルのことを考えるひまがなくなる。そう思ってのことだった。

サリーの死もそうやって乗り越えたのだが、今回はそのときよりはるかに難しかった。少しでも油断すると、レイチェルのことを思い出してしまう。会いたくてたまらなかったが、それがいかに危険なことかわかっていた。もしまた彼女に会ったら、離れることができなくなるのではないか？　その恐怖は以前と変わらず強かったが、今はさらに毎日目覚めるたび、自分の一部が失われたかのような大きな喪失感と闘っている。忙しさに加え、自分の感情を抑えることで疲れ果てていた。

十月も終盤のある夜、ランカスターで資金集めの夕食会に出席していたとき、ついに我慢の限界に達した。二週間弱のあいだで五度目の講演だった。午前の手術を終えるとまっすぐランカスターへ赴き、翌日は昼食会で話す予定なので、その日のうちにロンドンへ戻ることになっていた。その場に立って拍手を聞いているうちに、ふと自分は何をしているのだろうと思った。ワールド・トゥギャザーの活動費については、すでに数年分の額が集まっている。もちろん資金集めを続けてもかまわないが、結果的に自分の仕事にしわ寄せが来る。この数カ月、同じところをぐるぐるまわっていて、どこにも行き着いていない。そろそろきちんと問題に向き合ったほうがいい。ぼくはレイチェルを愛している。この数カ月で、彼女と人生をともにできないのなら、そんな人生はなんの意味もないとはっきりわかった。彼女とトムが完全によりを戻したのかどうか知らないが、知るのは簡単だろう。

その夜は早めに切り上げ、主催者の気前のよさに礼を言い、また連絡すると約束して会場をあとにした。会場は高速道路に近いホテルだったので、標識に従ってジャンクションまで車を走らせ、そこから北のダルヴァーストンに向かった。自分が現れたらレイチェルがどんな反応を見せるか見当もつかないが、それを恐れてあきらめるつもりはなかった。彼女に会うのだ。もし彼女を取り戻せるチャンスがあるのなら、それを逃す気はない。今回は勇気を出して彼女への思いを伝えるのだ!

その夜、レイチェルが帰宅したのは八時をまわったころだった。仕事のあと、かかりつけのクリニックへ行って、いつもの血圧測定と検診を受けた。今のところ、経過は驚くほど順調だった。めまいはあのあとすぐにおさまり、つわりなどのよくある症状もなかった。妊娠五カ月目にして健康そのもので、ここ何年もなかったほど体調がよかった。予定外の子供ではあるけれど、教科書に載っているみたいに模範的な赤ちゃんだわ。レイチェルはおなかを優しく撫《な》でながら思った。

電気ケトルのプラグを差し、服を着替えに行った。選んだのは、友人のリサ・サンダースからもらったライトグレーのベルベットのズボンと、おそろいのトップスだ。ある夜、リサはマタニティーウェアを山ほどかかえてやってきて、ぜひこれをもらってほしいと言った。リサとウィルの息子のジェームズは六カ月になったばかりで、ジェームズに物心がついてママとパパの世話がなくても一人で朝まで寝られるようになるまでは、第二子は作れそうにないからと！

誰もがこんな調子で、レイチェルの妊娠を知った友人たちはみんなよくしてくれて、精神面だけでなく物質的な面でも援助を申し出てくれた。レイチェルはみんなに同じことを語った。子供の父親とは続かなかったけれど、この子を授かったことはとてもうれしいと話すと、誰もそれ以上は訊いてこなかった。姪《めい》のベサニーは知らせを受けてすぐ、オーストラリアから帰ろうかと言ってくれたが、レイチェルは旅を途中で切り上げる必要はないと断った。ベサニーに話したとおり、多くの人が手助けしてくれて、なんとかなりそうだった。

キッチンに戻ると湯が沸いており、レイチェルは紅茶をいれて飲んでから、夕食を作った。卵二つをスクランブルエッグにし、トーストにバターを塗ると、全部をトレーにのせて居間へ運んだ。体調はよくても疲れやすいので、テレビの前でくつろぐのが楽しみだった。

ちょうど食事を終えたとき、誰かが玄関のベルを鳴らした。夜に客が来るなんて、めったにないことだ。レイチェルは眉をひそめてトレーを床に置いた。リサが寄るかもしれないとは言っていたものの、彼女ならばいつも事前に電話をかけてくるので、誰が来たのか見当もつかなかった。シャイローだけは絶対にありえない。そう思っていたので、ドアを開けて、玄関のステップに立っている彼を見たときは息をのんだ。驚きのあまり口もきけずにいると、シャイローが沈黙を破った。

「やあ、レイチェル。こんなふうに連絡もなしに来てしまって申し訳ないが、話があるんだ。入ってもいいかい？」

10

「今は忙しいの」レイチェルの第一声はそれだった。

「そんなに時間は取らせない。約束するよ」

彼女が自分に会えて喜んではいないのは一目瞭然だったが、シャイローは笑顔を保った。一瞬、自宅に押しかけるなんてどうかしていたと思ったが、来たからにはあきらめるつもりはなかった。

「友達に五分だけくれてもいいだろう？」説き伏せるように言う。

「友達？　わたしたちは友達なの？」

レイチェルは笑い、苦々しさをにじませたその声に、シャイローはひるんだ。自分のせいだと思うと胸にこたえた。この訪問でほかに何も収獲がなかったとしても、少なくとも彼女を傷つけたことを償う努力はできるはずだ。

「そうなりたいと思っている。ぼくがなぜあんな態度を取ったかは、なかなか理解できないだろうが、許してもらえたらと思う」

「許すことなんかないわ」レイチェルがぶっきらぼうに言ってドアを閉めかけたので、シャイローは眉をひそめた。彼女はぼくと話すのがいやでたまらない様子だ。たしかに、ぼくたちはいい別れ方をしたとは言えないが、ここまで頑固なのはレイチェルらしくない。

「いや、あるさ。誤解があれば、それを解くチャンスをもらうまで帰るつもりはない」ドアに手のひらを押しつけ、言っていることが正しく伝わるように彼女の目をまっすぐ見つめた。「きみしだいだよ、レイチェル。誰にでも聞こえる玄関先でこのまま話すか、中で話すか」

「じゃあ、中に入ってもらったほうがよさそうね」

レイチェルはくるりと向きを変えて廊下を進んでいき、シャイローがドアを閉めた。彼女のあとについて居間へ入り、室内を見渡す。部屋にはとくに変わったものはなかったが、なんとなく安らぐ雰囲気で、シャイローはすぐにくつろいだ気分になった。

だが、話し始めたレイチェルの声にとげとげしさを感じ取り、歓迎されていると思った自分の愚かさを悟った。

「さあ、わたしを脅してまで招き入れさせたのだから、用件を言ってちょうだい。さっさと終わらせたいわ。今日はものすごく忙しかったから、せめて夜くらいはゆっくりしたいのよ。あなたと駆け引きなんかするのではなくて！」

「駆け引きをしに来たわけじゃない」彼女の言葉が胸に刺さり、返す言葉も同じようにきつくなった。

レイチェルはシャイローをちらりとも見ずに窓際

まで行くと、彼に背を向けたまま、そこにたたずんだ。シャイローは眉根を寄せた。顔も見たくないほどぼくを嫌っているのか？　悲しみに胸を貫かれ、先を続けるには相当な努力を要した。

「きみがどうしているか知りたかったし、いくつかはっきりさせたいことがあったんだ。ここに来た理由はそれだけだ、レイチェル。きみを動揺させるために来たわけじゃない」

「動揺なんかしていないわ！」レイチェルは振り向きかけたが、途中で気が変わったらしく、また窓のほうを向いた。

シャイローはこわばった彼女の背中を見つめながら、どうやって話を続ければいいのか途方に暮れた。自分がここにいることでレイチェルがひどくナーバスになっているのは明らかだが、ぼくがいて何がまずいというのだろうか……。

もしや、ぼくが訪ねてきたことが知れたらトムになんと言われるか心配しているのだろうか？

シャイローは絶望に襲われた。ここへ来たぼくがばかだったのだ。こんなことをしても、レイチェルをますます困らせるだけだった。それだけは絶対にしたくなかったのに。シャイローは苦悩を隠しきれない声で謝罪した。

「すまない。今夜ここに来たのは間違いだったようだ。レイチェル、きみを困らせるつもりはなかったんだ。ぼくはただ……そう、誤解を解きたかっただけで。でも、かえって状況を悪くしてしまった」

「誤解を解きたいって、どういうこと？」レイチェルはそっけなく言った。「メキシコを発《た》つ前に話はすんだはずだけど、ほかに何を話すっていうの？」

話すことは山ほどある。シャイローの心は必死に訴えていた。きみを愛していると言いたい。きみが一緒でなければ、ぼくの人生は意味がない。未来に目を向けても、きみがそこにいないと思うと暗闇しか見当たらない。

心の声はとても大きく、一瞬、自分が実際に声に出したような気がしたが、レイチェルはまだそのままそこに立って、シャイローの返事を待っていた。本心を告げずにいるためには忍耐力を総動員しなければならなかったが、これ以上彼女を苦しめる危険は冒したくなかった。

「たしかに話はすんだが、きみが幸せでいるか確認したかったんだ」

「幸せ？」レイチェルは荒々しく笑った。「わたしが幸せかどうかを知るためだけに、わざわざここまで来たの？　冗談はやめてよ！」

「だったら、正直に言おう。きみとトムがよりを戻したのか知りたくて来た」

「よりを戻していたらどうなの？　あなたに何か関係がある？　わたしのすることに興味はないって、はっきり言ったじゃないの。それなのに、なぜ今になって突然、わたしのプライベートについて訊《き》く権利があると思うの？」

「ぼくにはなんの権利もない。それはそのとおりだよ」シャイローはなんとかほほえんだが、彼女の言葉にひどく傷ついたことを悟られないようにするのは容易ではなかった。彼女を拒絶したのは関心がなかったからではない。むしろ、その逆だ。「たまたま近くに来たから、きみとトムが順調なのか様子を見に寄ろうと思った。それだけだ」

「ご親切だこと。では、あなたも喜んでくれるわね。何もかも順調そのものだから」

レイチェルがこちらを振り向いた。彼女が妊娠していることに気づいて、シャイローの顔から血の気が引いた。自分が目にしている事実をなんとか受け止めようとするも、耳鳴りがして頭がずきずき痛む。そんなに難しいことではないはずなのに。レイチェルはトムの子供を身ごもっている。それこそがトムに対する彼女の気持ちのあかしだろう。そうでないとしたら、なんだというのだ？

「そういうことか。おめでとう」

「ありがとう」レイチェルは頭を傾けたが、意外にもその目には涙が光っている。

「赤ちゃんのことはうれしいんだよね？」ゆっくり尋ねた。

「もちろんよ！」

レイチェルはおなかを守るように手で押さえた。

シャイローは叫びたい思いを、歯を食いしばってこらえなければならなかった。彼女の手の下にいるのがぼくの子供だったらどんなにいいか。彼女が愛し慈しむのがほかの男の子供ではなく、ぼくの子供だったら。

本当はきみを愛している。その子がぼくの子供であってほしい。そう口走らないように我慢するのがやっとだった。そんなことを口にして何になる？幸せの中にいるレイチェルを動揺させるのはよくないし、明るい未来を見据えている彼女にぼくの悲しみを背負わせるのは間違っている。どんなにつらくとも、彼女の幸せを喜ぶ強さを持たなければならない。

「それはそうだよね」そう言ってレイチェルのそばへ行き、両肩に手を置いた。稲妻のように体を駆け抜ける欲望を抑え、彼女の頬にそっとキスをする。

「ぼくもうれしいよ、レイチェル。トムは実に幸運な男だ。ぼくがそう言っていたと伝えてくれ」

後悔するようなことをしでかさないうちに彼女から離れ、戸口へ向かった。レイチェルは以前の生活を取り戻した。ぼくがそれを壊してはならない。彼女は外までシャイローを送り、玄関のステップに立って車が離れていくのを見送った。その姿はいつまでもぼくの記憶に残るだろう。ぼくが目にした、彼女のほかのさまざまな姿とともに。不意に涙が目に浮かんで視界がぼやけたので、車を停《と》めた。喉がつかえ、心にはぽっかり穴が開いている。これほどまでにつらい思いは今までしたことがない!

レイチェルはほかの男の子供を身ごもっている。シャイローはこんな仕打ちをした運命を呪いたかったが、そんなことをしても意味がない。何も変わりはしない。レイチェルを取り戻せるわけでも、彼女のおなかの中で育っている子供を自分のものにできるわけでもない。

シャイローが帰ったあと、レイチェルはステップに座り込んだ。罪悪感で気分が悪くなり、震えが止まらなかった。おなかの子が母親の動揺を感じ取ったのか、おなかを蹴って、自分の小さな世界が激しい感情のせいでおびやかされていることに対する不満をあらわにした。

出産前教室で習ったように深くゆったりと呼吸をするうちに、おなかの中の動きは静まってきた。だが、レイチェル自身の気分はよくならなかった。よくなるはずがない。シャイローに嘘《うそ》をついたわけではないけれど、子供のことで彼が間違った結論に達するのを黙って見ていた。黙っているのは嘘をつくのと同じことで、これから一生、その結果をかかえて生きていかなければならない。

立ち上がり、紅茶をもう一杯いれるためにキッチンへ向かった。湯が沸いてケトルのスイッチが自動で切れたが、レイチェルは気づかなかった。さっきのできごとについて考えずにはいられなかった。子供の父親をトムだと思わせたままシャイローを追い返したのは正しいことだったのだろうか? でも、ほかに何ができたかしら? 彼が絶対に聞きたくないであろう真実を話すことなどできなかった。とにかく、もう終わったのだ。あと戻りはできない。子供が大きくなって父親のことを訊いてきたときにどう話すかは別の問題だが。シャイローに事実を隠すのと、自分の子供に大事なことに関して嘘をつくのとは別の話だ。

またしてもパニックに襲われ、レイチェルは唇を噛《か》んだ。動揺ばかりしていてはおなかの子によくないだろう。心を穏やかにして、自分が決めたことを守らなければならない。それがいかに難しいことかわかっていても。どのみちシャイローは、わたしを愛しているとか、取り戻したいとか言うためにここへ来たわけではなかった。メキシコで起こったことをわたしが許しているかどうかを確かめに来たのだ。妊娠を知ったときは驚いていたが、今ではほっとしているだろう。彼にとって、わたしはもう厄介な存在ではない。わたしとのことは忘れて、自分の人生を前向きに進んでいけるのだから。

それからの数週間で、このまま前向きに生きていくのはほぼ不可能であることをシャイローは悟った。悲しみを振り払うために、今まで以上に忙しく働いた。手術室で過ごす時間を倍にし、講演の回数も増やし、その結果、毎晩予定が入った。だがいくら働いても、いくら団体の資金調達に力を注いでも、心の痛みはシャイローを苦しめ続けた。

レイチェルと子供のことを考えるのをやめられなかった。ぼくはずっと家族が欲しかった。もっとも、サリーの死後はそんな計画を立ててもことごとく頓挫したが。今、その欲求は途方もなく高まっており、おかげでけっして持つことはないであろう子供を持った夢を見る始末だった。自分に似たモップみたいな髪の元気な男の子と、レイチェルに似た美しい目をしたかわいい女の子。夢の中のその子たちはとてもリアルで、たまに、目が覚めるとその子たちがベッドの脇に立っていて一緒に遊んでとせがんでくるような気がするほどだった。あまりにも苦しかったので、アルバニアの僻地《へきち》で大洪水による土砂崩れが起きて集落が土の中に埋まったときには、ある意味ほっとした。国家災害と認定され、ワールド・トゥギャザーを含めたあらゆる支援団体に、被災地へのチーム派遣が要請された。レイチェルのことから少し離れて自分ではなくほかの人々の問題に集中することで、一息つける時間を作るのは望ましいことに思われた。

シャイローは活動を始めた。メンバーにファックスを送り、飛行機の席を予約し、機器の輸送の段取りをつけた。都合のつく人がどれだけいるかわからなかったが、積極的な返答が集まり、最終的には一部に断りを入れなければならない結果となった。

霧雨の降る十一月の朝、一行は朝七時の便でヒースロー空港から飛び立った。そして同じ日の昼には、忙しく働いていた。数百人もの怪我人《けがにん》が出て、洪水は今も続いているため、インフラは大混乱していた。

地域の病院はどこも洪水によって孤立し、電力不足に苦しんでいた。シャイローのチームはできるかぎりのことをしたが、困難も多く、じきに疲労困憊《ひろうこんぱい》した。それでも、山の上のほうにある村から医者が至急必要だというメッセージが来れば、シャイローは躊躇《ちゅうちょ》しなかった。

トラックで問題の村へ向かった。マイク・ラファティが同行を申し出てくれて、シャイローとしてはありがたかった。なにしろ、道がひどい状態になっていたからだ。村まであと一息というところで、上のほうから轟音《ごうおん》が聞こえた。見上げると、大量の土砂が襲ってきた。シャイローは何もできないうちにトラックごと山腹に押しつけられ、レイチェルに愛していると告げればよかったと思ったのを最後に意識を失った。

レイチェルが食堂で昼食を取っていると、キャロラインが彼女を探しに来た。急ぎ足でテーブルまで来たキャロラインに、レイチェルはうめくように言った。「また誰かが嘔吐《おうと》したって言うんじゃないでしょうね」

「そうじゃありません」キャロラインは手短に説明した。「あなたあてに電話です。急ぎの用だから今すぐ話したいって」

「相手の名前、訊けなかったんでしょう?」うんざりしながら言って、立ち上がった。

「訊きましたよ、もちろん。ナタリー・パーマーです」

「ナタリー? なんの用かしら」

レイチェルは急いで食堂を出た。ナタリーとはメキシコ以来話しておらず、なぜ急に連絡をしてきたのか見当もつかなかった。キャロラインと一緒にエレベーターに乗り、事務室へ急いだ。

「ナタリー? レイチェルよ」

「ああ、つかまってよかった。レイチェル、なんて言ったらいいのかわからないんだけど、シャイローが怪我をしたの。重体なのよ」

「怪我? どうして? 何があったの?」脚の力が抜けてしまい、レイチェルは腰をおろした。

「彼とマイクが土砂崩れに巻き込まれたの。アルバニアで最近起こった洪水の被災地で救護活動をしていて、ある村に向かう途中、トラックごと山腹を滑り落ちたのよ」

「なんてこと! 二人はどんな状態なの?」目に涙が浮かぶのを感じて唇を噛みしめた。シャイローが怪我をしたと思うと耐えられなかった。

「マイクはそんなに悪くないらしいの」ナタリーは声をつまらせながら言った。「問題はシャイローよ。そのとき運転していたのは彼で、ハンドルに胸を圧迫されてしまったの」

レイチェルは息をのんだ。「それで、どうなっているの？　二人は向こうで処置を受けているの？

それとも、イギリスに運ばれるの？」

「今日こちらに帰ってくるわ。向こうはまだ深刻な状況みたいだし、デヴィッドができるだけ早くシャイローを帰らせたがったから」

「そうなのね。何時に着くの？」

「午後よ。だからあなたに電話をかけたの。ロンドンまで来るのは難しいかしら？　シャイローが一瞬意識を取り戻したとき、あなたに会いたがったらしいのよ。今は昏睡《こんすい》状態に戻っているけど、デヴィッドが言うには、あなたが会いに行ってくれれば助けになるかもしれないって。大変なお願いなのはわかっているけど――」

「もちろん行くわ！　どこの病院かだけ教えて」

「ありがとう、レイチェル。ほっとしたわ。心配で頭がどうにかなりそうだったの。マイクも怪我をしたし……」ナタリーは言葉を切って唾をのんだ。

「とにかく、二人はシャイローが普段働いているセント・レオナルド病院に運ばれるわ。場所はわかる？」

「いいえ。でも、調べるから大丈夫よ」

電話を切ったとき、レイチェルは震えていた。常に強くて精力的で、そして生き生きしていたシャイローが病院のベッドに横たわっているところを想像するのは耐えられなかった。深呼吸してから、また電話を手に取った。パニックに陥っている場合ではない。病院を出る前に交代要員を確保しなければならない。休みが欲しいと申し出るとちょっとした騒ぎになったが、レイチェルは譲らなかった。最終的には、看護師長が派遣看護師を呼ぶことに同意してくれた。看護師は二十分後に到着し、レイチェルは引き継ぎをしてから病院を出た。それまでに駅に電話をかけ、一時間以内に出るロンドン行きの電車があるのを確認してあったので、そのままタクシーで駅へ向かった。

電車は珍しく定刻どおりに出発し、三時間後にはレイチェルはまたタクシーに乗って病院に向かっていた。受付にナタリーがいて、二人は涙を流しながらしばらく抱き合った。

ナタリーは鼻をかんで、ほほえんだ。「わたしたち、いいコンビじゃない？　見てよ、わたしたちのこのありさま」彼女は涙をぬぐってから、レイチェルを見て息をのんだ。「妊娠しているのね！」

「そうなの」レイチェルは笑った。「ごめんなさい。話すつもりではなかったものだから」

「言ってくれたらよかったのに。こんな遠くまで来てほしいなんて頼んだりして、すごく悪いことをした気分だわ。本当に大丈夫なの？」

「大丈夫。それに、シャイローに会えば元気が出るわ」レイチェルはきっぱり答えた。

「彼らは一時間ほど前に着いたわ。ドクターの処置中だから、わたしもまだどちらにも会っていないの。知っているのは、マイクが複数箇所を骨折していることと、シャイローの意識がまだ戻っていないことだけ」

「いつ彼に会えるかしら？」レイチェルは不安に駆られて尋ねた。

「わからないわ。集中治療室《ICU》に運ばれたから、落ち着いたらいろいろと検査するんだと思う」ナタリーは涙ぐみながらもほほえんだ。「お互い、よく知っている手順でしょう？」

「そうね。でも、知っているのがいいことなのかわるいことなのかわからない。ときには知らないほうが幸せってこともあるから」

「言いたいことはわかるわ」ナタリーはそう言って、ロビーの奥のコーヒーショップを指さした。「座ってコーヒーを飲みながら待ちましょう。看護師からポケベルを借りられたから、何かあれば連絡が来るわ」

ナタリーの言うとおりなので、レイチェルはコーヒーショップへ行き、ナタリーが二人分の飲み物を取りに行っているあいだに席に着いた。シャイローに早く会いたくてたまらないが、スタッフにしつこくせがんでも、彼らの仕事の邪魔になるだけだ。ナタリーがカフェラテを二つ持ってきてテーブルに置いた。

「いつ出産予定なの？」ナタリーが腰をおろしながら訊いた。

「二月の下旬よ」レイチェルはコーヒーに砂糖を入れてかき混ぜながら答えた。

「本当？　じゃあ、メキシコに行ったときには妊娠していたってこと？」

「いいえ」レイチェルはスプーンを受け皿に置き、深く息を吸った。説明するのは難しいとはいえ、嘘をついている場合でもない。「メキシコで妊娠したの。あなたも聞いたかもしれない噂《うわさ》と違って、トム・ハートリーはいっさい関係ないわ」

「わたしの考えていることが正しいってこと？」ナタリーは信じられないというように尋ねた。

「そうよ」レイチェルはため息をついた。「シャイローの子供なの。彼はそれを知らないけど」

「いつ彼に話すつもりだったの？」レイチェルの顔が赤くなるのを見てナタリーは息をのんだ。「話さないつもりだったのね、レイチェル？　トムの子供だと思わせるつもりだったんでしょう」

「ひどい話に聞こえるのはわかっているけど、そうするのが一番だと思ったの。シャイローはわたしに興味がなくて、自分の人生にわたしが入る余地なんてないことをはっきり伝えてきたし――」

「ばかね！　いえ、べつに、彼がそんなことを言ったはずがないって言いたいわけじゃないのよ。何かを思いつくととんでもなく頑固になる人だってことは知っているから。そうじゃない男なんていないでしょう？　でも、シャイローはあなたに夢中よ、レイチェル。だからお願い、お願いだから、彼があなたを必要としていないと言っても本気にしないで。シャイローはただ、サリーを失ったみたいにあなたを失うのが怖くてたまらないだけの」

「でも、彼はわたしとトムをくっつけようとしたのよ！」

「たぶん、それが正しいことだと思ったからよ」ナタリーはため息をついた。「そういうことをするの、本当にシャイローらしいわ」

今聞いていることが信じられなかった。ナタリーの言うとおりだなんて、そんなことがあるのだろうか？　なかなか信じられないけれど、シャイローが訪ねてきたことを考えると、つじつまが合う気がする。二人に会えるというメッセージが看護師から来たころには、一連のできごとを理解しようとしすぎていレイチェルは頭がくらくらしていた。ナタリーと一緒にエレベーターに乗ったが、ナタリーは六階で降り、レイチェルはＩＣＵがある八階まで行った。担当の看護師が中へ案内してくれて、つないであるさまざまな装置のことは心配しなくていいと手短に説明した。レイチェルは自分も看護師だとは言わなかった。そんなことはどうでもよかった。大事なのはベッドに寝ている男性のことだけだった。

ベッド脇の椅子に腰かけ、シャイローの手を取った。肌は冷たいものの指の下に彼の脈を感じ、ほっとした。全身に目を走らせ、真新しい手術痕や青白い肌を見て、喉にこみ上げるものを感じた。彼を心から愛している。おなかの中にいるのがシャイローの子供であることを言わないまま彼に何かあったら、絶対に自分を許せないだろう。

レイチェルは身をかがめて彼の耳元に口を近づけ、自分の声が彼に聞こえますようにと祈った。昏睡状態のときにかけられた言葉を、目覚めてから語ったという患者の報告は多く存在するが、本当に聞こえているかどうかは誰にもわからない。それでも、シャイローに聞こえている可能性が少しでもあるのなら、話しかけてみる価値はある。

「シャイロー、この子はあなたの子よ」そうささやいた。「あなたの子供。あなたの息子か娘よ。あなたに聞こえているといいんだけど。聞こえていれば、あなたはよくなろうとして、ますます頑張るでしょうから。この子とわたしにはあなたが必要よ、シャイロー。二人ともあなたを愛している」

声がつまり、レイチェルは彼の腕に顔をうずめた。どうか目を覚ましてほしい。彼を失うなんて、とても耐えられない。

11

レイチェルはＩＣＵで夜を明かした。シャイローの意識はまだ戻らず、絶えず鳴るモニターの警告音は、彼が生命の危機にいることを常に思い出させた。日勤のスタッフが現れ、彼らがシャイローの処置をするあいだ、レイチェルはしぶしぶその場から離れた。もちろん、彼の目をふいたり、水を含んだ綿球で唇を湿らしたり、点滴のチェックをしたりという処置は、自分でやろうと思えばできることがほとんどだが、看護師としての一面は機能を停止してしまったようだった。今のレイチェルは、愛する人が目を覚ますのを待ち焦がれるただの身内であり、どうしようもない緊張を味わっていた。

家族用の控室へ行き、自動販売機に硬貨を入れて、まずそうな紅茶が出てくるのを待った。おなかの子のために何か食べなければならないのはわかっているが、食欲がわかない。紅茶を飲み終え、看護師が呼びに来るまで、椅子に座って壁際の棚を見つめていた。戻ってみると、シャイローはいくらかよくなったように見えた。顔色はさほど悪くなく、呼吸も落ち着いてきたようだ。レイチェルは彼の額にキスをして、あなたをこんなにも愛している、どうかよくなってほしいと伝えた。彼に聞こえているかもしれないし、聞こえていないかもしれないが、言っていることがいくらかでも伝わっていることを想像すると、自分自身の気分がよくなった。

午前中、ナタリーが顔を出して、マイクは無事だと告げた。大腿骨《だいたいこつ》を骨折し、鎖骨にひびが入り、胸部を強打しているが、命に別条はないと。レイチェルはちゃんとした受け答えをしたものの、ナタリーが出ていくとほっとした。シャイローと二人きりになりたかった。

彼の手を取り、子供のことや、シャイローが回復して退院したあとにしたいことについて話した。かなわない夢かもしれないが、それがレイチェルの夢であり、シャイローと共有したかった。心配で眠れない夜を過ごしたあとの疲れで、いつの間にか眠ってしまったらしい。彼女は夢の中で、庭を駆けまわる息子をシャイローと二人で笑いながら追いかけていた……。

すばらしい夢だった。子供の笑い声が聞こえ、こちらを振り返るレイチェルの笑顔が見えた。彼女は何か言おうとしており、その口が動くのは見えるが、声は聞こえない。彼女が言っていることを聞き取ろうと耳を澄ますが、何かが邪魔をして……。

シャイローははっとして目覚めた。夢を見たあとのように胸がどきどきしている。頭がぼんやりし、胸の真ん中に痛みを感じる。体を起こそうとすると、その痛みは強くなった。うめきながら枕に頭を戻す。

自分はいったいどうしたのだろう……？　そう思ったところで、ここが自宅のベッドではないことに気づいた。あわてて左へ、そして右へと目を向ける。一方にはクリーム色の壁が見えるだけで、もう一方にはさまざまな装置が見えた。いったいこれはどういうことだ？

「シャイロー？　気がついたの？　わたしの声が聞こえる？　しゃべらないで。ただうなずくか、わたしの指をぎゅっと握るか……何かして！」

「レイチェル？」ひどくしわがれた声が出たが、これだけ喉が腫れているのだから無理もない。だがレイチェルには聞こえたらしく、不意に彼女の顔が視界に現れた。

「ここにいるわ、ダーリン。わたしたち二人とも。

わたしと赤ちゃんの二人ってことよ」

夢の中と同じように彼女はほほえんでいたが、その顔には涙も流れていた。つらそうな彼女を見るのが耐えられなくて、シャイローは顔をしかめた。

「泣かないでくれ。頼むから泣かないで」ががらがら声でささやいた。

「悲しいからじゃない、うれしくて泣いているの」レイチェルが彼の額に優しくキスをし、シャイローはその心地よさに目を閉じた。まるで死んで天国にいるみたいだ……。

はっとして目を開け、彼女を見つめた。「ぼくは死んだのか？　だから、今、きみがキスをしてくれたような気がしたんだな」

「死んでなんかいないわよ！」レイチェルはくすくす笑いながら、このうえなくそっと、シャイローの唇に唇を触れた。「あなたは病院にいるの。運転中に事故に遭って、飛行機でロンドンまで運ばれてきたたのよ」

「今、思い出したよ」シャイローは記憶の断片をつなぎ合わせながら、ゆっくり言った。「マイクと二人で山道を走っていたとき、大量の土砂が襲ってきて……」言葉を切って、唾をのんだ。「マイクはどうなった？」

「無事よ。二階下の外科病棟にいて、ナタリーが付き添っているわ」

「ああ、よかった！」安堵《あんど》のあまり大きく息を吐いてから、胸を突き刺す痛みにうめいた。

「かわいそうに。痛むでしょう？　スタッフを呼んで鎮痛剤を足してもらうわね」レイチェルは優しくシャイローの頬を撫《な》でた。「ハンドルに体を強く押しつけられたことによる圧挫傷ですって。でも、デヴィッドが完璧に処置してくれたはず」

「ありがたい」シャイローはつぶやいた。頭がまたぼんやりし始めた。払いのけようとしても、闇が広がっていく。レイチェルがもう一度、彼の額に羽根のような軽いキスをした。シャイローは本物のキスがいいと抗議したかったが、そんな力はなかった。あとの楽しみにとっておこう。そう思いながら、また意識が遠のいた。あとで、もっとよくなってキスを返せるようになったら……。

次に目覚めたのは夜で、前回よりも意識ははっきりしていた。右、次に左を見て、装置と地味な壁が夢ではなく、一度目に目覚めたときと同じであることを確認した。レイチェルが現れるのを笑みを浮かべて待ったが、何秒かたっても彼女の気配はなかった。彼女を見たのは夢だったに違いないと思うと、悲しみが黒い雲のように彼を覆った。会いたいという思いが、彼女の幻想を作り上げたのだ。

「また目を覚ましたのね。よかった」

シャイローは振り返り、点滴を交換している看護師を見て眉をひそめた。「どのくらい意識不明だったんだ？」

「そうね、四十八時間くらいじゃないかしら、ドクター・スミス」看護師は新しい点滴のバッグをスタンドにかけ、装置の設定を変更した。「これでいいわ。ミス・ハートはちょっと出ているけど、じきに戻ってくるはずよ。それから、ドクター・ルイスがもうすぐ様子を見に来るわ」

そう言って看護師は去ろうとしたが、シャイローは引き止めずにはいられなかった。「待ってくれ！ミス・ハートが出ているってどういうことだ？　本当にここにいたのか？　ぼくの想像じゃなく？」

「想像なんかじゃないわ！」看護師は笑って、思いやるように言った。「今日はもちろん、昨日もほぼ一日じゅういたわよ。休憩を取るよう説得するのにどれだけ苦労したことか」

看護師が行ってしまうと、シャイローは目を閉じた。今聞いたことが信じられなかった。レイチェルがずっとここにいた？　それが本当なら、彼女を見たのは夢ではなく、彼女は実際にぼくにキスをし、ダーリンと呼んだということだ。頭にかかった霧を必死にかき分けると、ほかのことも思い出されてきて胸が高鳴った。全部本当なのだろうか？　彼女のおなかの子がぼくの子供だというのも？

なかなか理解できなかった。レイチェルが近づいてくるのが見えると、シャイローはことの重大さに圧倒された。悲願がかないそうな気もするが、もしそうならなかったら自分は耐えられそうにないと思うと怖かった。怖くてたまらなかった。目に涙が浮かび、レイチェルが彼の顔をのぞき込んで心配そうにささやいた。

「ダーリン、どうしたの？　どこか痛いの？　ドクターを呼んでくるから――」

「違う！」レイチェルの手をつかみ、人生で最悪の瞬間が訪れるのではないことを祈った。今の自分には、それに向き合う力はない。「ドクターはいらない。本当かどうかをきみの口から聞きたいだけだ」

「本当かどうかって、何が?」レイチェルはそう言ってから口を閉じた。

彼女の顔が赤くなるのを見て、シャイローの心臓は早鐘を打ち始め、モニターが激しく警告音を鳴らした。急いで駆けつけてくるスタッフの足音が聞こえたが、シャイローはそちらを見もしなかった。レイチェルの顔を見ていたいという思いが強すぎて、目をそらせなかった。

「その子はぼくの子供なのか、レイチェル?」小声で尋ねた。彼女に聞こえていないのではないかと不安になるほどの小声だったが、心配はいらなかった。レイチェルは彼の手を取って、大きくふくらんだおなかに当てた。

「ええ、この子はあなたの息子か娘よ、シャイロー。あなたとわたしの子供よ」

それ以上何か言う時間はなかった。スタッフが到着して、丁重ながらもきっぱりと、シャイローの様子を見るあいだは離れていてほしいとレイチェルに告げた。レイチェルはベッドからあとずさりしながら笑顔を見せて、スタッフの頭越しに〝愛している〟と声を出さずに言った。

シャイローは目を閉じて、彼の人格を無視するという侮辱を働いているスタッフのことは気にしないようにした。ぼくを心配してのことなのはわかるが、心配は無用だ。ぼくは奇跡の復活を遂げてみせる。ぼくには何がなんでも元気にならなくてはと思わせてくれるものがある。それは、レイチェルと子供とぼくの三人で築く新しい人生だ。

シャイローが退院できるまでに回復すると、レイチェルは彼を家に連れて帰るためにレンタカーを借りた。ＩＣＵの担当医は、こんなに回復が早い患者は初めてだとレイチェルに言った。レイチェルは、シャイローほど意欲のある患者はめったにいないからだと言いたいのをこらえ、退院できるほどよくなって本当にうれしいとだけ言った。だが心の中では、二度と愛の力を疑うまいと思っていた。

彼のフラットに戻ると、二人は階段を使わずにエレベーターに乗った。シャイローの体はまだ油断できない状態だ。胸の怪我《けが》はよくなっているが、全快まではまた数カ月かかると言われている。レイチェルは休暇を取ってフラットに泊まっていたので、中に入ると、シャイローを居間へ行くように促した。

「座って、足を上げて」フットスツールをソファーの前に移動させながら言った。「コーヒーをいれるわ。それとも紅茶のほうがいい？」

「ぼくが欲しいのはキスだ」茶目っけたっぷりで、すばらしくセクシーな笑みを浮かべながら、シャイローはレイチェルを自分の隣に座らせた。レイチェルは心配して顔をしかめた。

「ドクターに言われたことを思い出して――」

「そんなもの、くそくらえだ。ルイスはおおげさなんだよ」彼はうめくように言ってレイチェルを引き寄せた。唇に優しくキスをしてから、ため息をついた。「ああ、これだ！　二人きりになるすきをうかがわなきゃならないのはもうたくさんだ。入院中にプライバシーを保つのがあんなに大変だなんて思ってもいなかったよ」

「あなたは怪我を治すために入院していたのよ」レイチェルが澄ました調子で言うと、シャイローは鼻で笑った。

「これができていたら、もっと早くよくなっていただろうね」

〝これ〟というのはキスのことだ。今度のキスはさっきよりはるかに情熱的で、終わるとレイチェルはうっとりとため息をついた。「うーん、あなたの言うとおりかも」

「ほらね」シャイローはレイチェルの首筋に触れ、彼女の脈が速くなっているのを確かめてほほえんだ。その手はもっと先へと進みたがって、指が胸の先端をかすめたときには、レイチェルは身を震わせた。

「休まなきゃだめよ」いかなるときも分別のある人間でいることは容易ではなかったが、もう一度、念を押した。「何よりも大事なのは疲れないようにすることだって、ドクター・ルイスが言っていたわ」

「疲れるようなことをする気はないよ」シャイローは軽くキスをしてから、レイチェルのTシャツの裾を探って、そこから手を忍び込ませた。「庭を掘り起こしたり、バスに乗り遅れないように走ったりはしないと約束するよ。ルイスがいいと言うまで仕事も再開しない」

「本当に?」驚いて彼を見ながらレイチェルは言った。

「本当に」シャイローは再びキスをし、レイチェルの下唇を軽く嚙《か》んだ。

レイチェルが口を開いて彼を迎え入れると、会話はしばらく中断せざるを得なくなり、キスが終わったときにはそれまで何を話していたのか思い出すのも難しくなっていた。

「うちには庭なんかないし、バスも利用しない。ほかにすることが山ほどあるから仕事に行っている場合でもないし」

「わかったわ」レイチェルがささやいた。「だけど、〝ほかにすること〟って、どんなこと？　あまり大変なことだったら、やめてもらわないと」

「大変なことをするつもりはないよ――今のところは」

話すあいだにもブラジャーのホックがはずされ、レイチェルは息をのんだ。シャイローの手が彼女の胸を包み、親指が先端に触れると、レイチェルは身を震わせた。いまや胸は異様なくらい敏感になっていて、耐えがたいほど強烈な快感が走った。彼がTシャツを脱がせ、胸を吸うために抱き寄せると、欲望が体を駆け抜け、レイチェルは声をあげた。

互いの欲望が高まるなか、彼の髪に指をうずめて自分の胸に彼の頭を押しつける。彼の舌が動くたびに拷問を受けているかのように体がうずくが、それは考えうるかぎり最高に甘美な拷問だった。彼に体を押しつけて情熱のあかしを感じていると、不意に赤ちゃんが激しく肋骨《ろっこつ》を蹴り、レイチェルは息をのんだ。

シャイローが凍りついたように動きを止めた。顔に驚きが広がっていく。「すごいな。蹴っているのがわかったよ！」

「なんでそんなに驚くのかしら」レイチェルは優しく言った。「あなたはドクターなんだから、教科書をたくさん読んでいるはずでしょう」

「読んではいるが、自分の子供となると話は別だ。そうだろう？」

彼の声は喜びでかすれており、レイチェルは彼が真実を知らないままだったらどうなっていただろうと思うと涙が出そうになった。自分のしたことを恥じる気持ちでいっぱいになり、シャイローも彼女の様子に異変を感じ取ったようだ。レイチェルの顔を上げさせて目を合わせた。

「どうした？　何を考えているのか教えてくれ、レイチェル。もう二度と、ぼくたちのあいだに秘密を作りたくないんだ」

「この子をトムの子供だと思わせたこと、ごめんなさい。けっして自分を許せない。あのときはなんて言えばいいのかわからなくて……」

「しいっ」シャイローはレイチェルを腕の中に抱き寄せ、静かにゆすった。「二人とも間違いを犯したが、ぼくのほうがはるかにたくさん間違えた。だからきみが罪悪感を覚える必要なんてない。きみは、誰にとっても最善だと思うことをしたんだ。最後に真実がわかって本当にうれしいよ」

「あなたに嘘《うそ》はつきたくなかった。ただ、わたしを求めていないなら、子供だって欲しくないだろうから、話すべきじゃないと思ったの。でも誓って言うけど、トムとのあいだには、あなたに見られたキス以外は何もなかったのよ」

「うれしいよ。もし何かあったとしても、ぼくの気持ちは変わらなかっただろうけど」

「どういう意味？」

「きみを愛しているという意味だよ、レイチェル。過去にあったことすべてが、今のきみを作っている。でも、それでぼくのきみへの気持ちが変わることはないよ」

「ありがとう」レイチェルは彼の唇にキスをして、ぎゅっと抱きしめてから離れた。最初にはっきりさせておかなければならないことがある。「わたしも同じ気持ちよ、ダーリン。あなたがどれだけサリーを愛していたかはわかっている。けっして彼女の代わりになろうとは思わないわ」

「サリーには、そして彼女と過ごした時間には、いろといい思い出がある。心の中に彼女を思うための場所を特別に残しておくつもりだ。でも、もう前に進まなければならない」シャイローはレイチェルの顔を両手ではさみ、不意にまなざしを熱くして言った。「レイチェル、今はきみを愛している。毎晩きみを腕に抱いて眠りたい。そして、毎朝抱いたまま目覚めたい。きみと子供は、ぼくにとって何よりも大切で、ぼくの人生に訪れた何よりもすばらしいものだ」

「ああ、シャイロー。なんて言えばいいのかわからない。こんなに幸せになれるなんて、思ってもみなかったわ」

「ぼくもだ。だからよけいに、二人とも自分たちがいかに幸運かをけっして見失わないようにすることが大事なんだ。ぼくたちはあと一歩で互いを失うところだった。あんなことは二度とごめんだ」シャイローはそっとキスをしてから顔を離した。その目に燃える火を見ると、レイチェルは体が震えた。「レイチェル、きみと人生をともにしたい。ぼくと結婚してくれるかい？」

「ああ……わたし……ええ！　するわ！」

「じゃあ、こっちに来て、昔ながらのやり方で結婚を確かなものにしよう」

「でも、あなたの胸が……」

「ぼくの胸は大丈夫だ。きみが心配しなければならないのは、ぼくの体の別の部分だよ！」

　一カ月後……。


「きれいだ、レイチェル。ものすごく」

「そう思う？」

　レイチェルは鏡の前に立ち、床までの長さのシンプルなクリーム色のシルクのドレスを着た自分の姿を吟味した。出産を終えるまで待てないとシャイローが言うので、二人で頑張って、最速で結婚式を執り行えるように手はずをつけたのだ。これまでのところ、レイチェルにとって気になる問題は妊娠していることをどうやって隠すかだけだった。だが、見た感じではそんなにひどくはなかった。

　顔を横に向け、リサが髪に編み込んでくれた小さな白い花を見てほほえんだ。ブーケは持たないことに決めていたのだが、リサがどうしても花が必要だと言い張って、髪に編み込むことを思いついたのだ。結婚式には〝何か借りたもの《サムシングボロウ》〟を身に着けるといいという古い言い伝えに従って、ベサニーがハート型の繊細なシルバーのネックレスを貸してくれた。同じく言い伝えの〝何か青いもの《サムシングブルー》〟として、ナタリーがセクシーなレースのショーツをプレゼントしてくれて、レイチェルは今、それをドレスの下につけている。八カ月の妊婦がセクシーに見えるはずがないと抗議したのだが、ナタリーに、シャイローはそう思わないでしょうねと言ってはねのけられた。ナタリーの言ったとおりになったと思い、レイチェルは身震いした。シャイローは、妊娠しているわたしを興覚めだとはこれっぽっちも思っていない。昨夜、それを鮮やかに示してくれたところだ。

「準備はいいわ。行きましょうか？」

レイチェルは不意に式が待ちきれなくなり、鏡に背を向けた。早く教会に着けば、そのぶん早くシャイローと結婚できる。とにかく早くそうしたかった。式はダルヴァーストン総合病院のチャペルで執り行われることになっており、レイチェルがチャペルに着くと、見知った顔がたくさん通路に並んでいた。仕事を抜け出す口実を見つけられたスタッフ全員が集まっているようだ。

リサの夫で新婦を新郎に引き渡す役を引き受けてくれたウィル・サンダースが、チャペルの入口で待っていた。レイチェルにほほえみかけながら彼は言った。「考え直す時間はまだあるぞ」

「とんでもない！」そう答えたのと同時にチャペルの扉が開いた。チャペルは人でいっぱいで、信徒席に窮屈そうに座っている人々の中に、ジューン、ブライアン、アリソンの姿が見えた。これだけ多くの人が自分たちの幸せを願ってくれていることに、レイチェルは深く感動した。

オルガン奏者がウェディングマーチを弾き出し、レイチェルたちは通路を歩き始めた。シャイローが最前列の信徒席から進み出てレイチェルのほうを向いた。その顔に浮かぶ表情を見て、レイチェルの心は幸せにあふれた。できるだけ早く彼のもとにたどり着いて、人生の新しい段階を二人で始めたくて、足取りを速めた。通路の途中でシャイローはレイチェルを迎え、両手を取って、その手にキスをしてから、今度は唇にキスをした。司祭が式を始めるころには、参列者全員が涙ぐんでいた。互いに対する二人の愛の大きさに、その場にいた誰もが心を打たれた。

　レイチェルはシャイローの手にしっかりつかまりながら、友人たちの前で誓いの言葉を述べた。どれも本心からの言葉だった。それはシャイローのほうも同じだっただろう。「今日より、いついかなるときも……」昔から多くの人々が交わしてきた約束だが、二人にとっては新たな、そして特別な約束だった。最後に二人が夫婦であることを司祭が宣言すると、シャイローはレイチェルを抱き寄せ、周囲から歓声があがった。

　レイチェルは彼にキスをしながら、赤ちゃんがおなかを蹴っているのを感じた。わたしは世界一幸運な女性だ。心から愛する人を自分のものにし、もうすぐその人の子供を産むのだ。

「愛しているわ」彼の目に向かってほほえみながら、ささやいた。

「ぼくも愛しているよ」シャイローはそう答えると、再びキスをした。

ハーレクイン®

宿した天使を隠したのは
2024年9月20日発行

著　　者	ジェニファー・テイラー
訳　　者	泉　智子（いずみ　ともこ）
発 行 人	鈴木幸辰
発 行 所	株式会社ハーパーコリンズ・ジャパン 東京都千代田区大手町 1-5-1 電話 04-2951-2000（注文） 0570-008091（読者ｻｰﾋﾞｽ係）
印刷・製本	大日本印刷株式会社 東京都新宿区市谷加賀町 1-1-1
表紙写真	© Rohappy ｜ Dreamstime.com

ISBN978-4-596-77859-8 C0297

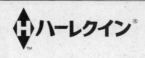

ハーレクイン・シリーズ 9月20日刊 発売中

ハーレクイン・ロマンス

愛の激しさを知る

王が選んだ家なきシンデレラ	ベラ・メイソン／悠木美桜 訳	R-3905
愛を病に奪われた乙女の恋 《純潔のシンデレラ》	ルーシー・キング／森　未朝 訳	R-3906
愛は忘れない 《伝説の名作選》	ミシェル・リード／高田真紗子 訳	R-3907
ウェイトレスの秘密の幼子 《伝説の名作選》	アビー・グリーン／東　みなみ 訳	R-3908

ハーレクイン・イマージュ

ピュアな思いに満たされる

宿した天使を隠したのは	ジェニファー・テイラー／泉　智子 訳	I-2819
ボスには言えない 《至福の名作選》	キャロル・グレイス／緒川さら 訳	I-2820

ハーレクイン・マスターピース

世界に愛された作家たち
〜永久不滅の銘作コレクション〜

花嫁の誓い 《ベティ・ニールズ・コレクション》	ベティ・ニールズ／真咲理央 訳	MP-102

ハーレクイン・プレゼンツ作家シリーズ別冊

魅惑のテーマが光る
極上セレクション

愛する人はひとり	リン・グレアム／愛甲　玲 訳	PB-393

ハーレクイン・スペシャル・アンソロジー

小さな愛のドラマを花束にして…

恋のかけらを拾い集めて 《スター作家傑作選》	ヘレン・ビアンチン 他／若菜もこ 他 訳	HPA-62

文庫サイズ作品のご案内

◆ハーレクイン文庫・・・・・・・・・・・・・・毎月1日刊行
◆ハーレクインSP文庫・・・・・・・・・・・毎月15日刊行
◆mirabooks・・・・・・・・・・・・・・・・・毎月15日刊行

※文庫コーナーでお求めください。